講談社文庫

欺《あざむ》きの童霊《わらしれい》

溝猫長屋 祠之怪

輪渡颯介

講談社

目次

麻布宮下町《あざぶみやしたちよう》　溝猫《どぶねこ》長屋にかかわる者たち――

忠次《ちゆうじ》……表店《おもてだな》の桶屋《おけや》の次男。父は寅八《とらはち》。
新七《しんしち》……表店の提灯屋《ちようちんや》の倅《せがれ》。出来がいい。
留吉《とめきち》……表店の油屋の倅。弟妹が多い。
銀太《ぎんた》……お調子者。四人とも十二歳。

吉兵衛《きちべえ》……溝猫長屋の大家。

羊羹《ようかん》、金鍔《きんつば》、蛇《じや》の目《め》、四方柾《しほうまさ》、釣瓶《つるべ》、弓張《ゆみはり》、菜種《なたね》、しっぽく、花巻《はなまき》、あられ、筮《ぜい》竹《ちく》、柿《こけら》、玉《ぎよく》、石見《いわみ》、手斧《ちような》、柄杓《ひしやく》……溝猫長屋の猫たち。

野良太郎《のらたろう》……長屋を根城とする犬。

多恵《たえ》……長屋の奥の祠《ほこら》に祀《まつ》られている女の子。

紺《こん》……隣町の質屋菊田屋《きくたや》の自称箱入り娘。十六歳。
弥之助《やのすけ》……岡っ引き。溝猫長屋で育った。
古宮蓮十郎《こみやれんじゅうろう》……手習所耕研堂《こうけんどう》の雇われ師匠。
磯六《いそろく》……怖い話を聞かせるのが好きな版木彫り職人。
鉄《てつ》……蕎麦打ちの名人。喧嘩《けんか》っ早い。

晋五郎《しんごろう》……酒屋三春屋《みはるや》の店主。家族で夜逃げをした。
お増《ます》……晋五郎の妻。
長太《ちょうた》……晋五郎とお増の息子。
勘次郎《かんじろう》……お増の弟。酒屋富士屋《ふじや》の店主。
粂蔵《くめぞう》……永坂町の裏店の左官屋《さかんや》。
松四郎《まつしろう》……永坂町の鋳掛屋《いかけや》。

煙草売りの仁《じん》……弥之助の手下。間抜け面。
ちんこ切の竜《りゅう》……弥之助の手下。無口な男。

欺《あざむ》きの童《わらし》霊《れい》

溝猫《どぶねこ》長屋 祠之怪《ほこらのかい》

嘘から出たまこと

一

「ああ、もう駄目だぁ」

銀太《ぎんた》がへなへなと座り込んだ。嘆きや悲しみというより諦《あきら》めといった方が近い表情が顔に浮かんでいる。精も根も尽き果てた、という様子だ。

「おいらの命もここまでなのか……」

呆《ほう》けたように呟《つぶや》いて上を向く。雲ひとつない、清々《すがすが》しい秋の空が広がっているが、それが銀太の目に入っているかどうかは怪《あや》しかった。それくらい虚《うつ》ろな目をしている。口も半開きだ。

「……思えば短い人生だったな」

しばらく空を眺めた後で銀太は静かに首を振った。十二歳になるこの少年は、いつもなら周りの同い年の子と比べるとかなり子供っぽく見えるのだが、今はやけに大人びた顔をしている。自らの運命を悟り、それを受け入れる覚悟を決めた、といった感じだった。

やがて銀太はその顔を、横に立っている忠次《ちゅうじ》へと向けた。

「忠ちゃん……生まれた時からの付き合いだったけど、どうやら今日でお別れみたいだ。これまで色々とお世話になったね。本当にどうもありがとう」

「銀ちゃん……そんな悲しいこと言わないでくれよ」

「いや、残念だけど仕方がないんだ。おいらはお終《しま》いなんだよ」

「でも……たかがお使いの銭を失《な》くしただけじゃないか」

まったく大袈裟《おおげさ》なんだから、と呆《あき》れながら、忠次はこれまで歩いてきた道を振り返った。銀太が銭を落としたらしいとなった場所から、ここまで丁寧《ていねい》に探しながら戻ってきたが、見つけることはできなかった。もう自分たちの住む溝猫《どぶねこ》長屋は目の前である。

「これはもう、素直に謝るしかないね」

「お使いを頼んだのが母ちゃんだったらそうしてるよ。でも駄目なんだ。今日は父ちゃんに銭を渡されたんだよ。今晩飲む酒を買ってこいって。他のものならともかく酒代を失くしたとなったら、うちの父ちゃんは決して許しちゃくれない。おいら殺されるよ」

「そんな馬鹿な」

いくらなんでもそこまでのことはあるまい。多分、半死半生《はんしはんしょう》くらいで止めてくれるはず。せいぜい顔の形が変わる程度まで殴られるだけだ。

「そもそも、あんな遠くまで買いにやらせたのは銀ちゃんのおじさんなんだからさ。その辺りを突いて、うまく言い包《くる》めれば何とかなるんじゃないかな」

銀太の父親は、元々はすぐ近くの酒屋で酒を買っていた。しかし近所のよしみで「つけ」で買うようになり、それをあまりにもたくさん溜《た》め込んだ結果、その店に顔を出せなくなったのである。仕方なく少し離れた酒屋へ行くようになったが、そこでまた支払いを滞らせ、また別の店へ、そしてまた違う店へ……とやっているうちに、とうとう溝猫長屋のある麻布《あざぶ》を離れ、芝《しば》の三田《みた》にある酒屋まで買いに行かねばならなくなったのだ。さすがにもう、そこでは「つけ」は利《き》かない。

「……いや、無理だよ。酒のことになるとうちの父ちゃんは理屈が通じないんだ。おいらが悪戯《いたずら》をして大家さんに叱られたり、手習所《てならいじょ》で居残りをさせられたりしても、

『俺の子だから仕方ねぇや』って笑っているんだけど、晩酌《ばんしゃく》の酒がないとなると鬼のように怒って暴れ出すんだよ。酒を飲んでいる時は機嫌が良くて、にこにこしているんだけどさ」

「ふうん、そういうのも酒乱って言うのかな」

「いや、言わないだろう……とにかく、このままじゃおいら長屋に帰れないよ」

「そんなこと言われてもなぁ……」

忠次は通りの隅々まで目を凝《こ》らした。何も落ちていなかった。犬の糞《ふん》すらない。

「誰かに拾われちゃったのかな。袋に入れていたんだよね」

「うん。母ちゃんが作ってくれた、名入りの巾着《きんちゃく》袋だ」

お使いを頼まれた銀太が銭を失くしたのはこれが初めてではない。だから「溝猫長屋　銀太」と書かれた小さな袋に入れて持ち歩くようにしていた。ところが今回は、その袋ごとどこかへやってしまったのだ。

「もしかしたら、拾った人が長屋へ持ってきてくれているかもよ」

「そ、それはまずいよ」銀太はぶるぶると首を振った。「そんなことをされたら、酒代を落としたことが父ちゃんにばれちまう」

「大家さんのところへ届けたかも」

「それも厳しいなぁ。大家さんから言ってもらえば、さすがに父ちゃんもおいらを殴るのはやめるだろうけど、その代わり大家さんから叱言《こごと》を食らうことになる」

「まあ、当然そうなるね」

溝猫長屋の大家の吉兵衛《きちべえ》は説教好きなのだ。忠次も銀太も、年がら年中何かしらの理由で叱られている。しかも一回分が長いので、終わる頃にはいつもぐったりする。

「それなら父ちゃんに殴られた方が早く終わるからましかな。だけど当たり所が悪かったら、冗談じゃなくて本当においらの命が終わっちゃうかもしれないし……それなら大家さんの叱言の方が……いや、でも一日で終わるとは限らないし……ああ、どうすりゃいいんだ」

銀太は胡坐《あぐら》をかいて目を閉じ、うんうんと唸《うな》りながら考え始めた。その姿はまるで難しい公案を解こうとする禅僧《ぜんそう》……ではなく、糞詰まりに苦しむ猿のようだった。

「銀ちゃん……頭の出来が良くないんだから無理しない方がいいよ。一番いいのはおいらたちで失くした銭を見つけることだけど、ここまで探してもなかったんだから諦めるしかないよ。あとはもう、神仏に縋《すが》るくらいしかないね。いったん長屋に戻って、祠《ほこら》に手を合わせたらどうかな。お多恵《たえ》ちゃんは子供の守り神だって言うし」

溝猫長屋の一番奥に、「お多恵ちゃんの祠」と呼ばれるものがある。神様を祀《まつ》っているわけではなく、かつて長屋に住んでいたお多恵ちゃんという女の子の霊を慰《なぐさ》めるために作られた祠だ。その昔、乱心したのか刀を振り回して長屋に飛び込んできた侍がいて、お多恵ちゃんはその男が斬ろうとした幼い男の子を助けようとして殺されたのである。

幼い子供たちの面倒をよく見る女の子だったという。だから大家の吉兵衛は、お多恵ちゃんは今でも長屋に住んでいる子供たちを見守ってくれているに違いないと信じているようだ。確かに溝猫長屋の子供は、腹を下したり擦《す》り傷を作ったりは年中しているが、命にかかわるほどの大病を患ったり大怪我《けが》に見舞われることはまったくなかった。それはお多恵ちゃんの祠を大切にしているお蔭《かげ》だ、と吉兵衛は考えているのだ。

「……子供の守り神なんて、悪い冗談にしか聞こえないよ。あれは悪霊《あくりょう》だね、悪霊」

銀太は顔をしかめて、そう吐き捨てた。

「ちょっと銀ちゃん、いくらなんでもそれはないんじゃないかな」

「いいや、悪霊に違いない。そうじゃなかったら、あんな酷《ひど》い目に遭《あ》わせるはずがない」

「ううん……」

銀太がそう言いたくなるのも無理はなかった。お多恵ちゃんの祠には毎朝、長屋に住む子供たちのうちで一番年長の男の子が吉兵衛と一緒にお参りする決まりになっている。今年は忠次と銀太、それと表店《おもてだな》の提灯屋《ちょうちんや》の倅《せがれ》の新七《しんしち》、それから油屋の倅の留吉《とめきち》だ。この四人は春からずっと、夜明けとともに起きて祠に手を合わせ続けていた。

眠くて仕方ないのでかなり迷惑な話だが、しかしそれはたいしたことではなかった。銀太の言う「酷い目」とは別のことだ。なんとこのお多恵ちゃんの祠は、お参りするようになった子供が「幽霊が分かってしまうようになる」のである。お蔭で忠次たち四人は春と夏に一回ずつ、立て続けに幽霊に出遭ってしまうという恐ろしい目に遭わされていた。

「そりゃ確かにお化けは嫌だよ。でもお多恵ちゃんを悪霊呼ばわりするのは……」

「忠ちゃんは見るか聞くか嗅《か》ぐか、どれか一つだけで済むからいいけど、おいらはそれらが一気にやって来るんだぜ」

忠次たちが幽霊に遭う時、どういうわけかそれぞれ「見る」「聞く」「嗅ぐ」の三つの力に分かれてしまう。例えば忠次が幽霊を見る時は留吉が妙な音や声を聞き、新七が嫌な臭いを嗅ぐ、といった具合である。次にまた幽霊に遭うと、その順番が変わる。同じなのはなぜか必ず銀太が仲間外れにされることだ。

そして他の三人の子供がひと通り「見る」「聞く」「嗅ぐ」を済ませた四度目に、銀太ひとりだけにそれらが一気にやって来る。栄三郎《えいざぶろう》という少年の霊に遭ってから、その下手人《げしゅにん》が捕まるまでの間に何人もの霊に悩まされた春の時も、仏具屋の娘の縁談相手が次々と殺され、その最初の犠牲となった儀助《ぎすけ》という男の霊に付きまとわれた夏の時もそうだった。

「だいたいね、お多恵ちゃんは芸がないんだよ。これまでの二度とも順番が同じだったろ。新ちゃんが嫌な臭いを嗅いで、留ちゃんが何か聞いて、忠ちゃんがお化けの姿を見ることから始まって、二度目は忠ちゃんが嗅いで新ちゃんが聞いて留ちゃんが見て、三度目は留ちゃんが嗅いで忠ちゃんが聞いて新ちゃんが見る。その間おいらはずっと蚊帳《かや》の外だ。そして四度目になると、おいらだけに一気に全部やって来るんだ。春も夏もそうだった。なんて言うか、面白みがないよね。つまらないよ。ちょっとでも頭の働く者なら順番を変えると思うんだけど、お多恵ちゃん、おいらと一緒で頭の出来が良くないのかな」

「銀ちゃん……あんまり悪口を言わない方が……」

忠次は声を潜《ひそ》めた。祠から離れているからいいというものではない。相手はこの世の人じゃないから、どこで聞いているか分からないのだ。

「……特に銀ちゃんは、すでに罰《ばち》が当たっているんだからさ」

銀太は幼い頃に祠に向かって小便をかけ、その後で大事なところを腫《は》らしたことがあるのだ。今でも四人の中で銀太のみ他の子と違う扱いを受けているのは、正しいことは分からないが、その時のことをまだお多恵ちゃんが怒っているからだろう、ということで落ち着いている。

「そんなおいらだからこそ言えるんだよ。まったくお多恵ちゃんは碌《ろく》なもんじゃねえや。罰は当てるし、お化けで怖がらせて子供たちを長屋から追い出すし。おいらたちから見ればただの嫌な人だ」

祠にお参りすると幽霊に遭うようになる、と分かると、どこかの商家へ奉公に出たり職人になる修業を始めたりして、長屋から逃げていってしまうのが昨年までの例だった。長屋を離れると幽霊を見ることがなくなるからである。そういう子は長屋に戻されるのが嫌なので、仕事先で懸命《けんめい》に働く。だから「溝猫長屋から出た子はみんな出来が良い」と大家の吉兵衛は奉公先の主《あるじ》や修業先の親方から褒《ほ》められるらしい。吉兵衛は喜んでいるが、子供たちにしてみれば迷惑な話だ。

「毎朝早くに起きて祠に手を合わせているのに、本当に酷い仕打ちだよ」

銀太は胡坐をかいた膝《ひざ》の上に肘《ひじ》を置いて頬杖《ほおづえ》を突いた。そうして不愉快そうに「ふんっ」と鼻を鳴らした。

「お多恵ちゃんも子供の守り神と言われているくらいなら、一度くらいおいらたちのためになるようなことをしてくれればいいのに。まったく、ただの役立たずなんだから」

「ちょっと銀ちゃん……さすがにそれは口が過ぎるというか……」

「いいや、お多恵ちゃんは芸なしで役立たずの悪霊だ。そう言われるのが嫌だったら……」

そこで銀太は言葉を止め、何か考えるように首を捻《ひね》り始めた。そうしてしばらくすると、うん、と頷《うなず》いてにっこりした。

「いいことを思い付いた。お多恵ちゃんにおいらの役に立ってもらおう。ちょっと忠ちゃん、耳を貸してよ」

「……いや、あんまり聞きたくないんだけど。多分、碌なことじゃないから」

「そんなこと言わないでさ。すごくうまい考えが浮かんだんだ。どこかのお化け屋敷に忍び込んで、そこで銭の入った袋を失くしたことにしよう」

「は？」

今度は忠次が首を捻った。それのどこがうまい考えなのだろうか。

「分からないかなぁ。嫌な臭いがして、妙な声がしたから空き家に忍び込みました。するとお化けが出たので、慌《あわ》てて逃げたら袋を落としてしまったのです……と大家さんに嘘を吐《つ》くんだよ。おいらたちがお化けに遭うようになったのはお多恵ちゃんの仕《し》業《わざ》だ。そのお多恵ちゃんに誘われる形で動いたら銭を失くした。つまり、悪いのはお多恵ちゃんだ。そうなると大家さんも、あまり酷くは怒らないんじゃないかな」

「でも、結局は叱られるわけだ」

「銭を失くしたんだから、それは仕方がないよ。今は叱られ方をいかに弱めるかということを考えるべきなんだ。大家さんから話を通せばうちの父ちゃんも強く出られない。お多恵ちゃんのせいだから大家さんも厳しく叱れない。どうだい、素晴らしい考えだろう」

「うん……あのさあ、銀ちゃん。念のために確かめておくけど、お化けが本当に出る所に忍び込むわけじゃないよね」

「当たり前じゃないか。なんで律儀《りちぎ》に本物のお化け屋敷に行かなけりゃならないんだよ」

銀太が馬鹿にするような口調で言った。そりゃそうか、忠次は胸を撫《な》で下ろした。

「適当な空き家でいいんだ。ちょうど酒屋さんに行くところだったから思い出したけど、古川町《ふるかわちょう》に打ってつけの空き家があるんだ。かなり前に潰《つぶ》れた酒屋さんなんだけどさ。裏通りの奥まった場所にあるから忍び込みやすい。あそこにお化けが出たことにしよう」

「……でも、それだと新ちゃんや留ちゃんにも一緒に嘘を吐いてもらうことになるけど」

いつも新七が嫌な臭いを嗅ぎ、留吉が妙な音や声を聞き、その後で忠次が幽霊を見てしまうということから始まっている。それなら二人も連れていかなければならない。

「いや、さすがにそれは二人に悪いかな」

銀太は困ったような顔で首を捻った。

「なんだよ銀ちゃん、おいらはいいのかよ」

「忠ちゃんは銭を失くした時に一緒にいたからね。でも二人は長屋に残っていたんだし」

新七は家の手伝いがあったので一緒には来られなかった。留吉も同様だ。この二人を道連れにするのはまずいという銀太の気持ちは分かる。しかしわざわざ三田までのお使いに付き合ってあげた自分を引きずり込むのは酷い気がする。

「……納得いかないけど、ここまで聞いちまったんだから、まあいいや。だけど銀ちゃん、それならどうするつもりなの。おいらだけお化けを見たってことにするのかい」

「いや、それだと後で本当にお化けに遭うのが始まった時にまずい。順番がおかしいことになって新ちゃんと留ちゃんにばれちゃうからね。だから、今回はおいらから始まったことにするんだ。いきなりおいらが一気に見たり聞いたり嗅いだりしたってことにすれば順番は変わらない。お多恵ちゃんもちょっと工夫をしたんだなってことになる。誰も損はしない。ああ、なんてうまい考えが浮かんだんだろう。もしかしたらおいら、少し頭の出来が良くなったのかも」

銀太はにんまりと笑って立ち上がった。着物の尻に付いた土埃《つちぼこり》を払いながら言う。

「よし、そうと決まったら早く古川町へ向かおう」

「ちょっと銀ちゃん、本当に行くことはないいんじゃないの」

そこで失くしたと吉兵衛に告げるだけで済むことだ。わざわざ忍び込む必要はない。

「甘い、甘いよ忠ちゃん。それだと大家さんに色々と訊《き》かれた時に困るだろう。空き家の間取りとかさ。だから実際に入って、どんな家なのか覚えておかないと」

「そうか……」

確かに吉兵衛は根掘り葉掘り訊きそうである。

「仕方ないな。それなら、さっと入って、ぱっと眺めて出てこよう」

忠次は古川町の方へと足を踏み出した。ところがどういうわけか銀太はついて来なかった。それどころか、溝猫長屋の方へと歩いていく。

「ちょっと銀ちゃん、長屋へ戻ってどうするんだよ」

「何度も言うけど、甘いよ忠ちゃん。おいらたちだけだと大家さんは信じてくれないだろう。でも新ちゃんと留ちゃんがいれば信用が増す。そのための証人として一緒に連れていくんだよ。家の手伝いと言っても、通りに水を打ったり店の中を掃《は》いたりするくらいだから、もう終わっている頃だ」

「でも、さっきは……」

「二人に嘘を吐かせる気はないよ。お化けに遭うのはおいらだけだ。空き家でそういう振りをするんだよ」

なるほど、と忠次は納得した。銀太が幽霊に遭う時は、他の三人には何事も起こらない。銀太が幽霊を見ている振りをしたところで、新七や留吉には本当かどうか分からないのだ。順番のことも含めて、これまでの決まりきった形を逆手《さかて》に取った作戦である。

「うん、銀ちゃんの言う通りだ。それはうまい考え……なのかなぁ」

いったん褒めかけて、すぐに忠次は首を傾げた。銀太のことだから、どこかに穴がありそうな気がする。

「心配いらないよ。今日のおいらは冴《さ》えているんだ。まさかこんなに頭が働くなんて思わなかったよ」

もしかしたら本当に頭の出来が良くなったのかもしれない、と満面に笑みを浮かべながら、銀太は意気揚々《いきようよう》と溝猫長屋へ向かって歩き出した。

――どうかなぁ。

あまり信用はできないな、と忠次は思った。銀太の頭が急に良くなるはずがない。必ず何か悪いことが起こる気がする。だが、自分も銀太と似たような頭の出来なので、それが何かは分からない。それに、銀太が銭を失くしたことで、一緒にいた自分も吉兵衛に叱られるのは間違いないことだ。

それならこの作戦に乗るのも悪くはないな、と忠次は不安を抱えつつも銀太の背中を追いかけ始めた。

二

忠次と銀太の住む長屋は、通称「溝猫長屋」と呼ばれるくらいだから当然のように猫は多い。大きさや毛色、性格などは様々だ。足下に寄ってきてごろんと寝転がる愛想の良い猫もいれば、目が合うと「見てんじゃねぇよ」と睨《にら》み返してくる猫もいる。ずっと後ろからついて来るので撫でてやろうと腰を落とすとなぜか一目散に走って逃げるという、よく分からない猫もいる。

夏の暑い昼間などはどの猫もぐったりして、長屋の路地の真ん中を通っている溝《みぞ》に入り込んで点々と寝そべるのが常だ。それが「溝猫長屋」の由来になっているのだが、長雨の時期が終わり過ごしやすくなった今の季節は、もちろんそんなことはしない。我が物顔で長屋中をうろつき回っている。その数、実に十六匹だ。

猫には一匹一匹、ちゃんと名前がある。長屋の住人たちが集まって話し合い、それぞれの仕事にかかわる物の名を付けたのだ。例えば大工なら「手斧《ちような》」、檜物《ひもの》職人は「柄杓《ひしやく》」、八卦見《はつけみ》が付けたのは「筮竹《ぜいちく》」……といった具合である。およそ猫には相応《ふさわ》しくないと思えるかもしれないが、大事な商売道具と同じ呼び名がついているのだから、それなりに可愛《かわい》がられていると言えなくもない。

実は長屋にはもう一匹、いつもここを根城《ねじろ》にしている野良犬もいるのだが、猫と比べるとこちらが住人たちに顧《かえり》みられることは少ない。野良太郎《のらたろう》、などとどうでもいい呼ばれ方をされていることからもそれが分かる。

「……野良太郎、肩身が狭そうだよな」

溝猫長屋の一番奥の、厠《かわや》や井戸、物干し場などがあって少し広くなっている場所にやって来た忠次は、周りを見回してから最初にそう口にした。

そこでは長屋の子供たちが集まって遊んでいた。男の子は棒切れを刀に見立てての剣術ごっこ、女の子は隅にある祠のそばに茣蓙《ござ》を敷いてのままごとだ。猫の姿も数匹あるが、動きの激しい男の子を避けて女の子の近くに集まっている。そして野良太郎はというと、なぜか厠の脇にある掃《は》き溜《だ》めの中に入り込んで、恨めしそうな目で子供たちを眺めていた。

「野良太郎のやつ、さっき男の子から邪魔にされ、仕方なく女の子の方に寄っていったら今度は猫に引っ掻《か》かれて、とうとうあそこへと追いやられたんだよ」

新七が返事をした。横には留吉もいる。

「そうなのか……野良太郎、猫より弱いからな」

もし本気で戦ったら野良太郎の方が勝つのだろうが、しかしこの犬が猫に対して牙《きば》を剝《む》くことはない。猫をいじめてはいけないと吉兵衛に躾《しつ》けられているからである。長屋で一番偉い大家の言うことなので、野良太郎はしっかり守っているのだ。

「野良太郎のことはともかくとして……二人とも、もう家の手伝いはいいの」

忠次が訊《たず》ねると、まず新七が頷いた。

「ああ、頼まれたことはすぐに終わらせたよ。毎日のことだからね。慣れたものなんだ」

新七は朝も店の前を掃くなどの仕事をしてから手習へ行くという、大変に出来た子供なのである。そして手習所でも自分の分をさっさと済ませてから年下の子供たちの手習を見てやるという、とても偉いやつだ。とにかく何をやらせても手際がいいのである。

「おいらも終わったよ」留吉も頷く。「大きい店じゃないからね。することなんてあまりないんだよ」

「ふうん。でも留ちゃんは、この後も弟や妹たちを見ていなけりゃいけないんだろう？」

留吉の家は兄弟姉妹が多く、家に残っている子供の中で一番年上の留吉がいつも弟妹たちの面倒を見ているのだ。

「それがさ、ちょっと風向きが変わってきたって言うか、近頃はその役目が弟の捨吉《すてきち》に回ることが多いんだ。それで、おいらは今日みたいにうちの店の手伝いをやらされる」

「へえ。どういうことだろう」

「どうもね、大家さんがそう仕向けているらしいんだよね。おいらたちがいつまでも長屋に居座っているものだから」

「ああ、なるほど」

職人の修業なら九つや十くらいから始める子も多いし、商家へ奉公に出るのも、だいたい十一、二歳辺りからが大半である。そして忠次たち四人ももう十二歳。そろそろ他人の飯を食ってもいい年だ。

ところが幽霊を目の当《ま》たりにしても一向にその気配がないから、吉兵衛が痺《しび》れを切らして動き始めたということらしい。

「忠ちゃんのところも、大家さんから何か言われているんじゃないの」

「うん、実はそうなんだ」

忠次の父親は桶《おけ》作りの職人だ。倅の忠次も同じように桶職人になろうと考えている。ただ、兄の酉太郎《とりたろう》がすでに長屋を離れて修業を始めているので、のんびりと構えているだけの話である。ところがこの頃、やたらと吉兵衛が顔を出して、「職人の修業は甘いものじゃないから早く始めるに越したことはない」というような話を両親にしていく。そのため、うちの店の親方に頼んで忠次の修業先を見つけてもらうか、と父親がよく漏《も》らすようになった。

「……でも、弟のことを考えると、ちょっと出ていきづらいんだよね」

忠次には下に寅三郎《とらさぶろう》という弟もいる。二つ離れているから年は十だ。

今、溝猫長屋には十一歳の男の子は住んでいないので、もし忠次と留吉が長屋を出て、さらに新七、銀太までがどこか他所《よそ》へ行くということになったら、来年はこの寅三郎がお多恵ちゃんの祠にお参りするようになってしまう。

それも順番なのだから仕方ないと言えるが、運が悪いことに、溝猫長屋には寅三郎と同い年の男の子が住んでいないのだ。そのため幽霊に遭うという恐ろしい目に、寅三郎はたった一人で立ち向かわなければならなくなる。

「寅三郎、怖がりなんだよね」

祠にお参りすると幽霊が分かるようになる、ということは、実際にそうなった年長の男の子にしか伝えられない。そんなことを幼い子供に話すのは酷《こく》だからだ。そのため寅三郎は、今はまだ幽霊云々についてはまったく知らないのである。だからいつも呑気《のんき》な顔で、「兄ちゃんはいつまでうちにいるの。部屋が狭いんだけど」などと嫌味を言う。

真実を知った時、果たして弟はどんな顔をするだろうか。楽しみでもあり、可哀想でもある。

「ううん、そうかぁ。それは確かに考えちゃうよね」

留吉はうんうんと頷いた。

「忠ちゃんは次男だし、おいらは三男坊だ。いつまでも長屋にいるなんてことはできない。いずれ近いうちに出ていかなくちゃ……。でも、新ちゃんは跡取り息子だから、ずっと自分の店にいて、そこで仕事を覚えていくんじゃないの。案外とさ、その寅三郎の方が先に長屋を出ていったりして」

「いや、そうとも言い切れない」

新七は首を振った。

「忠ちゃんか留ちゃん、どちらか片方のみが出ていったのなら、恐らく幽霊の遭い方は今と変わらないと思うんだよね。今は仲間外れにされている銀ちゃんが代わりに入って、残った三人で『見る』と『聞く』、『嗅ぐ』が順番に回るのだと思う。でも二人ともいなくなったらどうなるか。多分その三つが一気に来るという、今の銀ちゃんの身に起こっていることが代わり番こに来るんじゃないかな。さすがにそれは避けたいんだよね。だからそうなった時のことを考えて、すでに親類の店へ世話になるかもしれないって話だけは通してあるんだ。念のために」

「へえ」

用意周到である。さすが新七だと忠次は感心した。

「でも、新ちゃんにしろ他の子にしろ、いつまでも長屋に残り続けたらどうなるんだろう」

幽霊に遭い続けるのだろうか。それとも、あくまでもそういう目に遭うのは子供だけで、十五、六歳くらいになったら治《おさ》まるのだろうか。

もしかしたらお多恵ちゃんの方が「いい加減にしろ」という気になって、もの凄《すご》く恐ろしい幽霊に遭わせるということも考えられる。そう思うと、いつまでも長く居続けるのは得策ではない気がする。いつまでも長屋に残ってもたもたしているうちに他の子が出ていってしまったら、とんでもないことになってしまうかもしれない。

「うわぁ、考えるだけでも怖いや。ねえ、銀ちゃんもそう思うだろう」

「いや、おいらは今とたいして変わらないからどうでもいいや。それより忠ちゃん、まさかお化け屋敷のこと、忘れているんじゃないだろうね」

「え？」

そうだった。溝猫長屋に戻ってきたのは、銀太がお使いの銭を失くしたことを誤魔《ごま》化《か》すために、新七と留吉を連れてお化け屋敷に行くためだった。すっかり忘れていた。

「なんだい、お化け屋敷って」新七が眉《まゆ》をひそめた。「そう言えば二人は、三田にある酒屋さんまでお酒を買いに行ったんじゃなかったっけ。その割には、銀ちゃんが腰に提げている貧乏徳利《びんぼうどくり》が空のように見えるんだけど」

「おっ、さすが新ちゃん、鋭いねぇ」

銀太が調子よく言って、中身の入っていない徳利を振った。ちなみにこの貧乏徳利は最初に買っていた近所の酒屋から貸し出された物だ。だから思いっきりその店の屋号が書かれているのだが、それを持って平気な顔で違う店に買いに行ける銀太のことを、たいしたものだと忠次は思っている。

「まあ聞いてくれよ、新ちゃん。実は酒屋さんに向かう途中で古川町を通ったんだけどさ、ある空き家の横を通りかかった時、嫌な臭いを嗅いだんだよ。何かが腐ったような臭いだ。それに人の話し声のようなものもした。でも、一緒にいた忠ちゃんは臭いも声も分からないって言うんだよ」

「ああ？」

新七と留吉は顔を見合わせた。それから怪訝《けげん》そうな顔で銀太の方を見た。

「……ええと、疑っているわけじゃないんだけど、ひと言だけいいかな、銀ちゃん」

「おう新ちゃん、何でも言ってくれよ」

「嘘吐け、この寝小便小僧」

「ひ、ひでぇ。おいらが寝小便を誤魔化したことがあったかよ」

確かに銀太は、その点では嘘を吐いたことがない。もう十二だというのにたまに寝小便をするが、それを隠さず堂々としている。しかし今の、臭いや声の話はもちろん嘘だ。果たして新七や留吉は信じるだろうかと忠次は息を殺して成り行きを見守った。

「もう秋も深まりつつあるから、そろそろあれがまた始まりそうだなと俺も思っていたよ。だけど、それじゃ順番が違う」

新七はお多恵ちゃんの祠へと目を向け、それから首を傾げた。

「いつもの通りなら、初めは俺が嫌な臭いを嗅ぐはずだ」

「うん、そしておいらが妙な音や声だ」留吉が頷く。「だからおいら、この頃はどこへ行くにも耳を澄《す》ましながら歩いていたんだよ。それなのに、いきなり銀ちゃんから始まるってのはおかしいよ。銀ちゃんは一番終《しま》いに、一気にお化けに遭うはずだろう」

「そんなこと、おいらに言われても困るよ。あくまでも順番はお多恵ちゃんの考え次第なんだからさ。おいらだってびっくりしているんだぜ」

銀太は、自分でもわけが分からないという風に首を振った。見事だ。堂々と嘘を吐いている。忠次は思わず笑いそうになり、慌てて咳払《せきばら》いをした。

「……多分だけど、春と夏でまったく同じ順番だったから、これでは芸がないとお多恵ちゃんも思ったんじゃないかな。だから今回はいきなりおいらから始まったんだ」

「ううん、そうかなぁ」

新七と留吉は声をそろえた。さすがにそう易々《やすやす》とは騙《だま》されないようだ。まずい流れだが、さてどうなるだろうかと忠次は成り行きを見守った。

「その割には、銀ちゃんはまったく怖がっていないみたいに見えるけど」

新七が目を細めて銀太を見た。二人とも銀太の話は信じがたいという顔をしているが、新七の方がより強く疑っているようだ。

「いや、もちろん怖いよ。今すぐに部屋に帰って、夜具を被って震えていたい気分だ。でも、お多恵ちゃんが動き出したんなら逃げられないからさ。長屋に引きこもっていても無理やり見せられちゃうわけだから。それならじっとしていないで、こちらからちゃんと調べに行った方がいい……ということで、これからそのお化け屋敷に行ってみようよ。おいらの言うことが嘘だったら、その時は何事も起こらないってことになるから別に構わないだろう。そしてもし本当だったとしても、おっかない目に遭うのはおいらだけなんだから新ちゃんたちに損はない」

銀太は、まだ首を傾げている二人を見比べてから留吉の方へ顔を向けた。こちらの方が与《くみ》しやすいと思ったようだ。

「小さい弟や妹の様子は捨吉が見ているみたいだから、今日はこの後、留ちゃんも出歩けるだろう。たまには一緒に表をぶらぶらしようよ。もしこの先どこかへ奉公へ出たら、そんなことはできなくなるんだからさ」

「そうは言っても、あいつら棒切れを持って遊んでいるから危ないんだよね。おいらもちゃんと見てなくちゃ」

留吉は小さい子供たちの方へ顔を向けた。すると銀太にとって運のいいことに、連中は剣術ごっこに飽きて隅の壁際へと集まっていた。そこには古い将棋盤《しょうぎ》と駒《こま》が置いてある。どうやら挟み将棋を始めるらしかった。

「……あれなら留ちゃんが見張っていなくても危ないことはないよ」

「そうだね……」

「よし、決まりだ」

銀太は大きく頷き、次に新七を見た。

「新ちゃんは残っていてもいいよ。おいらたち三人で行くから」

「なんで俺だけ仲間外れなんだ」

「たまには新ちゃんもおいらと同じ目に遭えばいい……と言いたいところだけど、おいらは優しいからね。そんなことは言わないよ。新ちゃんの好きにすればいいさ」

じゃあ行こうか、と忠次と留吉を促して銀太は歩き始めた。

三人並んで路地を進み、長屋の木戸口の辺りまで来た時、後ろから追ってくる新七の足音が聞こえてきた。

「待ってくれよ。俺も行くよ」

新七の声を聞きながら、忠次は横にいる銀太の顔を見た。にやりと笑みを浮かべていた。

三

「ああ、ここは三春屋《みはるや》さんだね」

銀太の案内でやって来た古川町の空き家を見て、新七が告げた。

「前に酒屋さんだったところだ。確か一家で夜逃げをして潰れてしまったと聞いたな。銀ちゃん、本当にここで嫌な臭いを嗅いだり妙な声を聞いたりしたのかい。ここで誰かが死んだって話は耳にしていないけど」

ここまで一緒に来たが、新七はまだ疑っているらしい。盛んに首を捻っている。

「そもそも銀ちゃんが感じるのがどう考えてもおかしいんだよな。これまでの二回は、俺が嗅いで留ちゃんが聞くことから始まっているんだ。今回もそれから始まるのが筋ってもので……」

「新ちゃん、ごちゃごちゃうるさいよ。そうなっちゃったんだから諦めてよ。実はおいら、さっきから妙な臭いを嗅いでいるんだよね」

「本当かよ」

新七は顔を強張《こわば》らせ、鼻をくんくんと動かした。

「俺は何も感じないけど」

「だから、やっぱりおいらから始まっているんだよ。妙な話し声も聞こえているよ」

新七は留吉を見た。留吉はすぐに耳の後ろに手を当てた。そうしてしばらくすると新七を見て力なく首を振った。

「何も聞こえないよ」

「ほら、やっぱりおいらから始まったんだ。ここはお化け屋敷なんだよ」

銀太は声を潜め、真面目な顔を作って言った。少々口元が緩《ゆる》んでしまっていたが、それでかえって表情が歪《ゆが》み、本当に怖がっているかのように見えた。

「お多恵ちゃんの思惑が働いているなら逃げても無駄だからね。おっかないけど中に入ってみよう」

辺りをきょろきょろと見回して近くに誰もいないことを確かめ、銀太は裏口へと向かった。留吉、新七と続く。

三人を追う前に、忠次は空き家を見上げた。ごく当たり前の二階建てのしもた屋で、特に怖い雰囲気はない。それに、この家のことは忠次も耳にしたことがあった。夜逃げをして潰れた店だが、新七が言っていたようにここで誰かが死んだという話はなかった。しかも店を閉じたのはだいぶ前のことで、それから何年かは別の者がここを借りて住んでいた。空き家になったのはその後のことだ。だからここが本物のお化け屋敷だということはあり得ない。その点は安心だ。

——後は、銀ちゃんがお化けを見た振りをして逃げるだけか。

おいらはそれを眺めていればいい。気楽だな、と思いながら忠次は三人を追った。

裏口に回るとすでに戸が開いていた。先に行った三人はもう空き家に入ったらしかった。忠次は首を伸ばして中を覗《のぞ》き込む。

薄暗かった。雨戸が閉まっているから当たり前である。それでも小さい建物なので、裏口からの明かりで十分に中の様子が分かった。

まず入ってすぐに、煮炊きができる土間がある。忠次たちが住んでいる裏長屋と同じくらいの狭さだ。中に上がるとやはり六畳くらいの広さの部屋があり、その向こうはもう店の土間だ。

部屋の隅に二階へ上がる梯子段《はしごだん》が見える。新七と留吉がそこにいて、何やら小声で話しながら見上げていた。銀太の姿がないので、先に二階へと上がったようだ。

「二人は行かないの？」

忠次は訊ねた。ここまで一緒に来たのだから吉兵衛への証人には十分になるだろうが、できれば上まで行ってもらいたいと思った。大袈裟に怖がる様子を二人に見せつけようと、銀太が自信満々で待ち構えているはずだ。客がいないと役者も張り合いがあるまい。

「そう思ったんだけど、なんか妙なんだよね」

新七が眉をひそめ、鼻を動かしながら首を傾げた。

「かすかなんだけど、生臭いような気がするんだ。銀ちゃんは何かが腐ったような、と言っていたけど、そうじゃなくて、これは血の臭いかな」

忠次は慌てて辺りの臭いを嗅いだ。空き家にありがちな黴臭《かびくさ》さは感じたが、新七の言うような血の臭いが鼻に入ってくることはなかった。

「おいらも足音のようなものを聞いたんだ」留吉も首を傾げながら言った。「銀ちゃんの言ったような話し声じゃなくて、小さな足音だけだよ。忠ちゃんが来る前に、別の誰かがおいらたちの横を通って二階へ上がっていったような音がしたんだ。それも二人。だけど人の姿は見えなかった。しかも気づいたのはおいらだけで、銀ちゃんはさっさと二階に行っちまうし、新ちゃんは臭いばかりを気にしているし……」

「ちょっと待ってよ。それは、つまり……」

「いや、忠ちゃんの言いたいことは分かるけど、まだそうと決まったわけじゃないから」

新七が手を前に出して忠次の言葉を押しとどめた。

「俺が感じている臭いってのは本当にかすかなんだ。これまでなら、それこそ吐きそうになるほど凄いのが襲ってきたけど、今回は違う。気のせいって言われればそうかなって思うくらいなんだ。留ちゃんの方はどうだい」

「おいらもはっきりと聞いたわけじゃないんだ。そんな気がしたってだけの話で」

「ううん……」

ここに入る前の気楽さが吹き飛んだ。忠次は暗い気分になりつつ二人の顔を見つめた。はっきりしていないことが何より怖い。

「……あのさ、正直に言うけど、実はここがお化け屋敷だっていうの、嘘なんだ。銀ちゃんは何も感じていないんだよ」

「うん、そうだろうと思っていたよ」

新七があっさりと言った。留吉も横で頷いている。

「さすがに生まれた時からの付き合いだからね。何となく分かった。特に銀ちゃんは嘘を吐くのが下手だからさ。でも面白そうだから付き合ってみたんだ」

「そうなのか……二人とも人が悪いな」

「お互い様だよ。でも、明らかに風向きが変わってきたよな」

三人は並んで二階を見上げた。痺れを切らしたのか、銀太が梯子段の上にひょっこりと顔を出した。そして「早く上がってきてよ。おいら一人じゃ怖いよ」と言ってぶるぶる震える仕草《しぐさ》をし、また首を引っ込めた。ばれているとも知らずにまだ嘘を演じ続けている。間抜けだ。

しかしもう銀太はどうでもいい。忠次は軽く溜息《ためいき》を吐き、それから新七に訊ねた。

「結局これは、どういうことなんだろう」

新七は首を振った。

「分からない。どうもまたあれが始まったような気がするけど、自信を持ってそうだとは言えないんだ。俺も留ちゃんも、はっきりと感じたわけじゃないからね。それを確かめる術《すべ》がひとつだけあるけど……」

「うげぇ」

忠次は思わず妙な叫び声を上げた。新七の言葉が何を指しているのかは明らかだった。忠次が二階へ上がって見てくればいい、ということである。もしお多恵ちゃんの祠のせいでまた幽霊が分かるようになってしまったのなら、初めは忠次が見る番になるはずだからだ。

「言っておくけど忠ちゃん、逃げても無駄だよ」

「うう、分かってるよ……」

前に留吉が見る順番の時に長屋に留まったことがあったが、その時は気を失って、夢の中で幽霊を無理やり見せられるということが起こった。もし本当に始まってしまったら、避けようがないのだ。だから今の忠次にできることは、新七や留吉が感じたのは気のせいだった、となるのを祈りつつ、二階に上がるだけである。

「おうい、早くしてよ」

二階から銀太の声が聞こえてきた。元はと言えば銀太が銭を落としたのが悪いのに、どうしておいらがこんな目に遭わなけりゃいけないんだ、と恨めしく思いながら、忠次は梯子段に足を載せた。

二階には狭い部屋が二つあり、間を襖《ふすま》で仕切られていた。銀太は手前の部屋にいて、閉じた襖の前で待っていた。

「やっと上がってきたか。みんな聞いてくれよ。この向こうから人の声が聞こえるんだよ。それに、何かが腐ったような嫌な臭いも強くなった。吐きそうだよ」

銀太は顔をしかめながら言った。それに対して誰も返事はしなかった。新七と留吉は、面白そうだから成り行きを見守ることにしたようだ。そして忠次は、襖の向こうに本物の幽霊が果たしているのかどうかが気になって、とてもじゃないが何か言う気にはなれなかった。

――平気だ、ここには幽霊が出るような曰《いわ》くはない。

昔あった酒屋が潰れたのは、夜逃げしたためである。ここで首をくったわけではない。その後にこの家に入った人も数年間はちゃんと住んでいた。何か出るのならすぐに出ていったはずだ。だから大丈夫。新ちゃんや留ちゃんが臭いや音を感じたのは、ただの勘違いだ。そうに決まっている。

――でも、すぐに逃げられるように……。

新七と留吉を前に押しやり、忠次は梯子段の一番上の段に足を置いて身構えた。

「……よし、それじゃあ中を見ることにするよ。とてつもなくおっかないお化けがいる気がするんだ。新ちゃんと留ちゃんはすぐ逃げられるように梯子段のそばにいてよ。おいらは中をよく見るためにこっちの部屋に立っている。だから襖は……忠ちゃんが開けてよ」

「ええっ」

酷い。銀太は鬼だ。

いや、確かに銀太がそう言うのも分かる。まだ新七と留吉が騙されていると思っているのだ。襖を開けたら「出たぁ」と大声を出して、下に降りるよう二人を促すつもりなのだろう。あまり長く幽霊がいる振りを続けると嘘がばれるから、そうやってすぐにこの空き家から出ていけるような算段をつけたのだ。

忠次は一緒に嘘を吐いている仲間なのだからゆっくり下りてきて構わない。忍び込んだことがばれないよう、ちゃんと襖を戻してから出てきてくれ、と銀太は考えているに違いない。

――さすがにもう、銀ちゃんに真実を告げた方がいいな。

忠次がそう思った時、前に立っていた新七が振り返り、小さく首を振った。それから顔を忠次の耳元に寄せて、銀太には聞こえないような声で囁《ささや》いた。

「本当にあれがまた始まったのかどうか、しっかりと確かめなくちゃ」

留吉も振り返り、腕を忠次の背中に回して前へ押し出した。横を通る時、やはり忠次の耳元に顔を寄せて小声で言った。

「それにはなるべく近くで見た方がいいからね」

「二人とも……」

酷い。ここにいるのは鬼ばかりだ。

忠次はのろのろとした足取りで銀太のそばへ寄った。何も知らない銀太は忠次を見て軽く頷いた。ここまでうまく事が進んでいる、と満足しているようだった。

「新ちゃんも留ちゃんも、慌てて梯子段を踏み外さないでくれよ。それじゃあ忠ちゃんは襖の前に腰を落としてさ、中がよく見えるように勢いよく左右に開け放ってよ」

「ふえぇ」

――やっぱり指が入るくらいの隙間《すきま》を開けるだけじゃ駄目なのか……。

忠次は溜息を吐き、それから片膝をついた。引手に指をかける。

襖を開ける前に、振り返って三人の顔を見た。新七と留吉はもう梯子段を下りかけており、二人並んで顔だけを覗かせていた。襖の向こうに本物の幽霊がいたとしても見えるのは忠次だけなので、どちらも気楽そうな顔をしている。

そして銀太は、騙している二人が後ろにいるので怖がっているような顔を作ることをやめ、満面の笑みを浮かべていた。

――鬼どもめ。

忠次はそっと首を振り、前へ向き直った。ふうっ、と大きく息を吐き出す。それから、引手にかけた指に力を籠《こ》めた。

「開けるよ」

言うと同時に忠次は勢いよく、すぱん、と襖を開け放った。

目の前に五歳くらいの男の子がいた。ちょうど腰を落として片膝をついた忠次と頭の高さが同じくらいだ。だから、その顔と向き合うような形になった。

部屋にはもう一人いた。男の子と手をつないで、その父親らしき男が横に立っていた。二人とも瘦《や》せ細った体つきをしており、そしてどちらも胸の辺りが真っ赤に染まっていた。

「出たあぁぁ」

後ろで銀太が叫び声を上げた。同時に忠次も「ひぃっ」と情けない声を出していたのだが、それをかき消すような大声だった。

「首をくった女の人があぁぁ」

どたどたと大きな音を立てて銀太が梯子段の方へと向かう足音が忠次の耳に届いた。やはり大きな音を出しながら梯子段を駆け下りる三人分の足音が続く。

――いや、男の人と子供なんだけど。

忠次が心の中でそう呟いた時、目の前にいた男の子が人懐《ひとなつ》っこい笑みを浮かべて抱きついてきた。腕が首に回されるのを感じながら、忠次はゆっくりと気を失った。

四

秋の日は釣瓶《つるべ》落とし。あっという間に薄暗くなり、女の子や年少の男の子たちはそれぞれの住まいへと戻っていった。そうしてひっそりとした溝猫長屋の奥の祠のそばで、吉兵衛の怒声が上がった。

「まったくお前たちは、何度言ったら分かるんだっ。毎回毎回叱られて、いい加減に恥ずかしいとは思わないのかっ」

残念ながら思わなかった。むしろ毎回のことで慣れてしまった。新七と留吉はともかく、忠次は五日に一度は何かしらの叱言を食らっているし、銀太に至っては、三日に一度は吉兵衛からじっくりと説教を受けている。だから今さらだ。何事かと顔を覗かせるような長屋の住人はいない。猫ですら知らん顔をしている。せいぜい犬の野良太郎が落ち着かない様子でうろうろするだけだ。何も恥ずかしいことはない。

それでも説教が長引くのはいいことではなかった。塀際《へいぎわ》に正座させられている忠次たちは、できるだけしおらしい顔をして項垂《うなだ》れた。

「お前たちには色々と言いたいことはあるが、まずは銀太、お前からだ。話を聞いた時、儂《わし》はびっくりするより呆れたよ。どういうことだね……買い物を頼まれたのに、銭を受け取らずにそのまま飛び出していくだなんて」

銀太は銭を落としてなどいなかった。初めから持っていなかったのだ。

「前に徳利を忘れていったことがあったから、そっちに気を取られちゃって」

銀太は頭を掻いた。その様子を見た吉兵衛は、はあぁ、と溜息を吐いた。

「まあ、銭を失くしてしまうよりはましだったが、それにしても出かける前に持ち物は確かめなけりゃいかん。これについては次からちゃんと気をつけるようにして……それより駄目なのは、銭を失くしたことを嘘で誤魔化そうとしたことだ。これは許しがたいよ。いいかね、銀太。お前の取り得は明るく素直なことなんだ。失くしてまずいのは、むしろそこなんだよ。確かにお前は新七と比べれば、頭の出来こそ良くないかもしれない。だが、常に明るく朗《ほが》らかに、嘘を吐かず正々堂々と生きていけば、周りの者もお前を認めて、困った時に助けてくれるはずだ。世の中というのはそういうものなんだよ。明るさと素直さ、この二つこそお前が生きていくための武器なんだ。分かったかね、銀太」

「はい、申しわけありませんでした」

「本当に分かったのかね」

「もちろんです。もう二度と嘘は吐きません。どうせ嘘を吐いても、おいらの場合すぐばれるから。それなら初めから素直に叱られます」

「……そもそも叱られるようなことをしないというのが大事なのだが。ううむ、まあいい。二度と嘘を吐かないという今の言葉を肝《きも》に銘《めい》じるように。忘れないように、銀太については今日だけでなく、これから数日はこうやって塀の前に座ってもらうからな」

吉兵衛は銀太をしばらく睨みつけた後、今度は忠次の方を向いた。

「銀太に言ったように、人間には誰しも取り得と言うか、良いところがあるものなんだ。銀太には明るさと素直さの他に、度胸の良さもある。新七は頭の出来が良い。留吉は兄弟姉妹が多いせいか、面倒見の良さがある。そして忠次、お前は……人が良い」

「はあ、ありがとうございます」

「褒めているんじゃないよ。むしろ駄目だと言っているんだ。銀太の嘘を咎《とが》めなかったのもそうだが、その後も途中で別の立ち回り方があったように思えてならない。どうもね、忠次。お前は周りに流されるところがある。巻き込まれやすいと言ってもいいかな。付き合いが良いのは結構だが、駄目なものは駄目、嫌なことは嫌とはっきり言えるようにならないといかん。優柔不断なところを直すことだ」

「はい」

吉兵衛の言うことに思い当たる節がたくさんあるので、忠次は素直に頷いた。

「うむ。次はお前たちみんなだ」

吉兵衛は新七、留吉を含めた全員に顔を向けた。怒っているというより、呆れているといった風だった。

「今回も例によって、お前たちが空き家に忍び込んだのが近所の人に見つかって、それで儂が呼び出されたわけだ」

子供たちは頷いた。まず、銀太の「出たあぁ」という声があまりにも大きかったので近所に住む人が何事かと表に顔を覗かせた。その時にはすでに銀太、新七、留吉の三人は少し離れた場所まで逃げていたので、そのままだったら見つからずに済んだ。ところが忠次がいつまで経っても空き家から出てこないので、戻ってもう一度忍び込んだところを捕まったのだ。

「まあ、忠次に何事もなく、すぐに息を吹き返したのは良かった……が、そもそも幽霊を見るために空き家に忍び込むこと自体がおかしい。銀太の嘘から始まったことだが、もしかしたら本物が出るかもしれないと途中で銀太以外の者は気づいたわけだろう。当たり前の子供ならそこで逃げるよ。ところがお前たちは、わざわざ確かめるために二階まで上がった。度胸があるのか阿呆《あほう》なのか、まったく分からないよ」

「でも、お多恵ちゃんの祠の力なら、逃げたとしても見せられてしまうわけで……」

忠次がそう言うと、吉兵衛はじろりと睨み返してきた。この理屈は通じそうもないと、忠次は慌てて首を竦《すく》めた。

「それでも怖がって逃げていくのが子供というものだ。だいたいだな、お前たちが空き家に忍び込んで捕まったのは今日で何度目だね。春に初めて幽霊に遭った時も忠次が空き家の床板を踏み抜いたし、夏の時も、場所を移った後の大店《おおだな》の空き家でかくれんぼをしたのが始まりだった。いいか、お前たち、よく聞きなさい。今後一切、空き家に忍び込むことは禁じるから、しっかりと守るように」

「えぇぇ」

子供たちは一斉《いっせい》に声を上げた。

「なぜそこで、そんな声が出るんだ。こんなこと、わざわざ禁じるまでもない当たり前のことなんだよ。銀太だけならまだしも、他の者まで一緒になって……本当に情けないよ。どうしてお前たちはそんなに空き家が好きなんだ。毎回毎回、性懲《しょうこ》りもなく忍び込みおって。まったく芸がないと言うか……」

「は？　大家さん、今、何とおっしゃいましたか」

銀太がはっとしたような顔をして吉兵衛に訊いた。

「芸がないと言ったんだよ。たまには違うことをして見せればいいのに、まったく面白みも何もあったものじゃない。つまらないよ」

「ふえぇ」

銀太は妙な声を出して、呆けたように空を見上げた。口をあんぐりと開けている。自分がお多恵ちゃんのことを馬鹿にしていたのと同じ言葉を吉兵衛から言われてしまったのが、よほど胸に突き刺さったようだ。

「おい、どうしたんだね銀太」

吉兵衛が心配げな声で訊ねた。しかし銀太から返答はなかった。

「何だか様子がおかしいな。うむ、仕方がない。今日の説教はこれで終わりだ。他の者は帰っていいぞ。飯はしっかり食べるようにな」

助かった、と忠次は勢いよく立ち上がった。そして、こんなに早く解き放たれたのは銀太のお蔭だと感謝しながら横を見た。

銀太はまだ座っていた。虚ろな目で「芸がないって……このおいらが、つまらないって……」と呟いている。

——おいおい、それほど身に応えるようなことなのか……。

明るさや素直さよりも、どうやら銀太はとにかく「面白いこと」を自分の取り得だと思っていたようだ。その心の拠《よ》り所を打ち砕かれたらしい。

——銀ちゃん……明日から急に陰気な人間に変わったりして。

そうなったら嫌だが、だからと言って今の自分にできることは何もないな。

忠次は新七、留吉と頷き合い、帰るべく足を踏み出した。背後ではまだ銀太がぶつぶつと呟く声が続いていた。

誘《いざな》う女の子

一

その日、留吉はひとりで通りを歩いていた。

父親に命じられ、商売でかかわりのある他所《よそ》の店へちょっとしたお使いに行った帰りである。留吉の家は溝猫《どぶねこ》長屋の表店で油屋をやっているが、父親と祖父だけで十分にやっていける小さい店だ。だから以前は、留吉が店の仕事をさせられることは滅多《めった》になかった。むしろ子供がいると邪魔だからと、弟妹を連れて表で遊んでこいと言われる場合が多かった。

しかしこの頃になって急に、留吉は家業の手伝いを命じられることが多くなった。代わりに幼い弟妹の世話はすぐ下の弟の捨吉の役目に替わっている。

明らかに追い出しにかかっている、と留吉は感じていた。自分がどこかへ奉公に出る日もそう遠いことではあるまい。

――まあ、当然のことなんだけどさ。

一人っ子の新七とは違い、留吉は三男坊である。店を継げるわけではない。いずれは出ていかねばならないのである。弟妹の多さを考えれば、それは早い方がいい。

――この前、新ちゃんが言っていたけど……。

留吉、新七、そして忠次と銀太の四人のうち、一人が減っても今と幽霊の遭い方は変わらなそうだ。「見る」「聞く」「嗅ぐ」が順番に回るだけだろう。銀太などはその方が、自分が仲間外れになることがなくなるので喜ぶかもしれない。

しかし、四人のうち二人いなくなると困ることになる。「見る」「聞く」「嗅ぐ」が分かれるなどという面倒なことはなくなり、ごく当たり前に幽霊に遭うというのが交互にやってくると思われる。銀太を除けば、みな今よりもおっかない目に遭うことになるのだ。銀太だって、今よりも幽霊に遭う数が増える。

――二人目になってしまうと、残った人から恨まれそうだな。

新七と銀太はまだしばらくは長屋にいるに違いない。自分か忠次のどちらかが、四人の中で最初に長屋から出ていく人間になるのだろうが……。

――これは先になった方がいいかな。

忠ちゃんには悪いけど、そうさせてもらおう。

商売をやっている親類もたくさんいるし、すでに他所で奉公をしている二人の兄も働き者だと評判がいい。その気になれば行き先もすぐに見つかるだろう。

ただ、自分の場合は弟妹の面倒を見ていたために忠次や銀太と比べると表で思いっきり遊ぶことが少なかった。これは心残りだ。奉公に出るとそんなこともなかなかできないだろうから、もうしばらくは長屋に残りたい。

――だけどそれで出ていくのが遅れて二人目になっちゃったら間抜けだよな。

忠ちゃんの動きをよく見ていないと駄目だな……などと留吉が考えを巡らせながら歩いていると、前の方を一人の女の子が横切った。留吉より少し年下のように見える。その子は通りの右側にある建物の陰からすっと現れ、とことこと歩いて左手にある路地に入っていった。

見知らぬ子だった。しかしそれゆえに留吉は気になった。人の顔を覚えるのは得意で、町内は元より、麻布《あざぶ》界隈《かいわい》に住んでいる子供ならたいていは知っているつもりだったからだ。

――最近になって引っ越してきたのかな。

どこの子だろう……と留吉は首を捻《ひね》った。すると、その女の子が板塀《いたべい》の陰からひょっこりと顔を出し、留吉に向けてにこにことした笑みを見せてまた顔を引っ込めた。愛嬌《あいきょう》のある子だな、と少し楽しい気分になりながら留吉は歩を進めた。女の子が消えた路地の前にたどり着き、あの子はどうしたかな、と思いながら左の方を見る。

女の子はいなかった。もう行っちゃったのか、と少しがっかりする。ところが、先の方にある右手の建物の陰からその子が顔を覗《のぞ》かせ、留吉に向かって手招きした。そして留吉に向かってにこりと微笑《ほほえ》んでから顔を引っ込めた。

まるでこっちに来いと誘っているかのようだった。遊び相手がいなくてつまらないのだろう、と留吉の頰《ほお》も緩《ゆる》む。

溝猫長屋に戻るには曲がらずにまっすぐ進まなければならない。しかし留吉はふらりとその路地へと足を踏み入れた。

女の子がいた場所に着く。やはりそこには、留吉が今いるより少し狭い路地があった。覗き込むと誰もいない。

あれ、と思っていると、今度は左手にある建物の陰から女の子が顔を出し、にこにこと笑って手招きした。

そうしてまたすぐに顔を引っ込めた。留吉は少し足早に歩いてその場所まで行く。

さらに狭い路地があった。すぐ先が行き止まりになっている。すでに女の子の姿は見えなかった。左右に建つ家のどれかに入ったのかもしれない。追いかけるのもここまでか、と留吉は踵《きびす》を返そうとした。

その時、また女の子が顔を覗かせた。これまでより近かったので留吉はどきりとした。行き止まりだと思ったが、右の方に行ける道があるようだ。

女の子はにこりと微笑んでから顔を引っ込めた。そうするのは分かっていた。すぐに留吉は動き出し、女の子のいた場所まで小走りで進んだ。人が一人やっと通れるくらいの細い路地があった。真っ直ぐに、そしてやけに長く続いている。左右は板塀だ。ずっと向こうまで延びている。

女の子の姿がなかったので留吉はびっくりした。また分かりにくい路地があるのかと目を動かしたが、近くに板塀が途切れている場所はなかった。その板塀も子供が乗り越えるのは無理な高さだし、下の方に潜《くぐ》り抜けられる隙間《すきま》もない。

不思議に思っていると、かなり先の方にある曲がり角で女の子が横から顔を出した。にこにこと笑っている。

留吉は肝《きも》を潰《つぶ》した。もうあんな遠くにいる。自分より動きが速い。

――おいらが急ぐと見越して、思い切り走ったのかな。

留吉は悔しくなった。仲間内では自分が一番すばしっこいと思っていたからだ。

——それならおいらも本気で行くぞ。

まだ女の子は愛嬌のある笑みを見せながらこちらを眺めている。こちらまで思わず微笑んでしまうような可愛《かわい》らしい笑顔だが、留吉はぐっと堪《こら》えて頰を引き締めた。

女の子がまた顔を引っ込めたら、その瞬間に駆け出そう。そう考えながら、細い路地へと足を踏み出しかける。

ところがその時、右手に提《さ》げていた風呂敷包みが腿《もも》に当たり、留吉はふっと我に返った。そうだった。自分は今、お使いの途中だった。

風呂敷の中身は菓子だ。父親に命じられて物を届けに行ったら、帰る際に土産《みやげ》をくれたのである。弟や妹が大喜びするだろうからきちんと自分の家に持ち帰らなければならない。それに、先方で少し手間取ったから、ぐずぐずしていると今の時期はすぐに日が暮れてしまう。

風呂敷包みから目を上げると、女の子は小首を傾げてこちらを眺めていた。笑みはまだ残しているが、どこか寂《さび》しそうに見えた。

——ごめんな。

留吉は女の子に向かって微笑みかけ、軽く手を振った。それから来た道を戻り始めた。

二

「……ということが、昨日あったんだよ」

留吉は少し興奮気味の口調で言った。

ここは溝猫長屋の子供たちがみんな通っている町内の手習所、耕研堂《こうけんどう》である。雇われの師匠である古宮蓮十郎《こみやれんじゅうろう》は浪人者だが、いかにも尾羽《おは》打ち枯らしたといった風体《ふうてい》で、どこか弱々しい。教えるのは丁寧《ていねい》だが、そのためか自分の机の前に呼んだ手習子の相手をしている際に、他の子まで目が行き届かなくなることが多々あった。それでお喋《しゃべ》りや落書きを始めてしまう子が出てくるのだが、まさに今もそうだった。

「それでさ、まっすぐ進まなきゃいけなかった初めの曲がり角まで戻ったんだけど、そこでびっくりしたんだ。辺りが夕焼けで真っ赤になっていて、西の空を見たらお天《てん》道《とう》様が沈みかけていたんだよ。女の子を追いかける前はまだ日が沈むまでしばらくは間があったはずなのに」

「ふうむ。秋の日は釣瓶落としって言うからのう」

新七が返事をした。この少年は頭の出来が良く、口調も割と大人びているのだが、たまに行き過ぎて年寄り臭くなることがある。

「いや、それにしても早すぎるよ」

「女の子のお尻を追いかけるのにあまりにも夢中になっちゃって、それで気づかないうちに日が暮れてたんじゃないの」

下卑《げび》たことを言ったのは銀太だ。この間、大家の吉兵衛から叱られた際に随分とへこんでいたので、もしかしたら陰気な人間になるんじゃないかと仲間内で心配されていたが、翌朝には元に戻っていた。

「銀ちゃんじゃあるまいし、尻なんか見やしないよ。本当に思っていたより早く時が過ぎていたんだ。瑞聖寺《ずいしょうじ》のそばにある、うちの父ちゃんの知り合いの店にお使いに行ったんだけど、そこを出た時はまだ七つをいくらも過ぎていない頃だったんだよ」

「ふうん、瑞聖寺の方へ行った帰りか。そうすると、四之橋《しのはし》を渡ってから……」

その辺りの道を思い出そうとするように、忠次が顔を天井に向けて呟《つぶや》いた。留吉はすぐに首を振ってその言葉を途中で止めた。

「いや、橋を渡る少し手前だったんだ。だから、あれは田島町《たじまちょう》になるかな」

「ふうん。あの辺に、左右に板塀が続いているだけの、そんな細い路地があったのか。知らなかったな。おいらも行ってみたいよ」

忠次は悔しそうに唇《くちびる》を噛《か》んだ。この少年は細い道とか、入り組んだ路地とか、そういう所がやたらと好きなのだ。それと何かつながりがあるのか分からないが、かくれんぼや鬼ごっこも大好きな子供である。

「……だけど、そうすると少しおかしくないか」

今度は新七が考え事をするように天井を見上げ、首を捻った。

「何がだい?」

「橋の手前でまず左に曲がったよね。それから右、次に左と、だんだんと狭い路地に入っていった。そしてそこからさらに右に向かっているのが、忠ちゃんが羨《うらや》ましがっている板塀に挟まれた道だ。留ちゃんの話では、まっすぐに長く続いていたってことだけど」

「うん、そうだよ。女の子がいた曲がり角は、かなり先の方だった」

「川はどこに行ったんだ?」

「……あれ?」

留吉は頭の中で、昨日通った道をたどり始めた。女の子が道を横切ったのは四之橋の少し手前、もう橋が見えている辺りだった。そこから左、右、左と曲がり、最後に右に行ける細い路地を覗いたら、まっすぐに長く続いていた。その途中の曲がり角から女の子が顔を出したのは覚えているが、その道の先の方はどうなっていただろうか。いくら頭を捻っても思い出せなかった。ただ道のりを考えると、新七の言うように川に出てもいいような気がする。

「いや、でも確かにそういう道があったんだよ。間違いない」

「……留ちゃん、やっぱりお尻はちゃんと眺めないといけないんだよ。多分その女の子、お尻に尻尾《しっぽ》が生えていたはずだぜ」

銀太が馬鹿にしたように、にやにやと笑いながら言った。

「何だよ、おいらが狸《たぬき》に化かされたとでも言いたいのかよ」

「他に考えられないから」

「狐《きつね》かもしれないだろっ」

「結局化かされてるんじゃないかっ」

くだらない言い合いになった。年少の子に筆遣《ふでづか》いを教えていた蓮十郎がさすがに聞き咎《とが》め、顔を顰《しか》めながらこちらを見た。

「お前たち、まったく手が動いていないじゃないか。しっかりやらないと居残りで、私のありがたい説教を聞かせるぞ」

それは堪《たま》らないと、四人はすぐに姿勢を正し、真面目な顔でおのおの天神机《てんじんづくえ》へ向かい始めた。何しろ蓮十郎は説教が下手なのだ。それでも一応は師匠であるから、ちゃんと耳を傾けなければならない。これは大家の吉兵衛のくどくどと長い説教とは別の意味で、かなりの苦行《くぎょう》なのである。

しばらくの間、留吉たちは口を開かず懸命《けんめい》に筆を動かし続けた。そうして頃合いを見計らって蓮十郎を見ると、別の手習子を前に呼んで字を教えていた。よしもう平気だと、四人は再び顔を寄せ合った。

「……とにかくさ、昨日留ちゃんが見たというやたらと細い路地に、おいらたちも行ってみればいいんだよ」

忠次が目を輝かしながら言った。本当にそういう場所が好きなようだ。そう言えば小さい頃に、建物と建物の隙間に入り込んだ忠次がそこで動けなくなり、近所中大騒ぎになって大工まで呼ばれ、壁板を壊してようやく助け出されたことがあった。そんなことがあったのにまだ狭い場所に行きたがるなんて、よっぽど好きなんだなと留吉は感心した。

「それには案内役の留ちゃんがいないと困るんだけど、今日も何か家の手伝いがあるのかな」

ちょっと心配げな顔に変わった忠次が、目を逸《そ》らさずにじっと留吉の顔を見ながら訊《たず》ねてきた。「何にもないよ」と言うのを期待しているのがありありと分かる。頼むからそんな目で見ないでくれと思いながら留吉は答えた。

「お使いでどこかへ行けとは言われてないけど……」

忠次の顔がぱっと明るくなった。

「……だけど店の片付けをやれと言われているんだよね」

みるみるうちに忠次の表情が曇る。

「でも、たいして大きい店じゃないから、八つ過ぎに帰ってから始めて、八つ半には終わっちゃうけどね」

忠次が歯を見せてにかりと笑う。眺めていると表情がころころ変わって面白い。

「それなら八つ半に留ちゃんちの前で待ち構えているからね。ええと、新ちゃんはどうなの。やっぱり家の手伝いがあるのかな」

「うん、あるよ。だけど留ちゃんと似たようなものだ。同じ頃に終わると思うから付き合えるよ」

「よし、じゃあ今日は留ちゃんが見たという路地を覗きに行くことで決まりだ」

「……忠ちゃん、おいらには何も訊《き》かないのかよ」

銀太が不満そうに口を尖《とが》らせた。

「だって銀ちゃんは、わざわざ訊かなくてもどうせ暇だろうから」

「うん、その通りだ。もちろんおいらも行くよ。でも、もしかしたら何か用事があって駄目ってこともあるかもしれないし」

「銀ちゃんの場合、何かあったらすぐに分かるからなぁ」

銀太は滅多に用事を言いつけられないから、もしあったとしたら自分から先に、自慢げに言いふらすのである。この前の「酒を買いに行く」程度の用事でもそうなのだ。だから忠次も、それに留吉や新七もあえて訊かなかっただけだ。

「それでもちゃんと訊ねてくれよ。そういうつもりはないんだろうけど、なんかおいらだけ仲間外れにされているみたいで嫌なんだよね」

仲間外れ、という点に関しては、銀太は厳しい。

「ごめんよ。じゃあ、銀ちゃんも含めて四人で行くっていうことで」

「合点《がってん》承知だ。留ちゃんが狸に化かされたってことをきっちり確かめてやる」

銀太は留吉の方を見て、ふっふっふっ、と可愛くない笑い声を立てた。留吉は、少しでも銀太に同情の念を抱いてしまったことを後悔した。

「だから、狐かもしれないだろっ……いや、そうじゃなくて、おいらは化かされてなんかいないよっ」

「どうかなぁ。留ちゃん、結構うっかりしているところがあるから」

「銭を持たずに買い物に出かけた人に言われたくないや」

またくだらない言い合いが始まりかけたが、ここは忠次と新七が慌《あわ》てて止めた。

「ちょっと銀ちゃん、あまりふざけているとお師匠さんから説教を食らうことになって、路地に行けなくなっちゃうよ」

「留ちゃんも落ち着きなよ。留ちゃんが見たという路地が確かにあるってことを銀ちゃんに見せてやればいいだけだろう。そのために今日、手習が終わった後でそこまで行くことになったんだから」

それもそうか、と留吉は口を閉じた。路地があったことは間違いないのだから、その前で銀ちゃんに手を突いて謝らせてやろう、と考えながら銀太を睨みつけた。

「……で、路地はどこ？」

「ううん、おかしいなぁ……」

三人を連れて意気揚々《いきようよう》と田島町にやって来た留吉だったが、例の路地が見つからずにうろうろする羽目に陥っていた。

「もう一回戻ってみて……」

「何度目だよ。諦《あきら》めた方がいいんじゃないの」

「いや、でも、途中までは合っているのに」

女の子を見てから初めに左へ曲がった狭い路地は確かにあった。そこから右へと入る、さらに狭い路地もちゃんと見つかった。ところがその次に左へ折れた、先がすぐに行き止まりになっているように見えた路地がなかったのだ。

道はあった。だがそこは川に沿った、右へも左へも行ける道だった。右へ曲がれば四之橋があり、左に曲がって進むと田畑が広がっているという、そんな道だ。正面の川岸には一面にすすきが生い茂って風になびいている。

こんな所に出た覚えはない。留吉は呆然《ぼうぜん》とした。

「あっちへ行くと、春に俺たちが釣りをしていて、運悪く『子供に怖い話を聞かせるのが好きなおじさん』に会っちまった場所があるな」

新七が左手の方を眺めながら呟いた。

「ああ、そんなこともあったね」忠次が返事をした。「磯六《いそろく》さんっていうおじさんだったっけか。この川の、この辺りで引っかかった身許《みもと》が分からない水死体を葬《ほうむ》っているっていう墓場に行った時だ。確か留ちゃんが、お化けを見たくなくて長屋に残ったのに、気を失って夢の中で無理やり見せられたんだよね」

留吉は顔をしかめた。ただでさえ路地が見つからなくて困っているのに、追い打ちをかけるように嫌なことを思い出させる。まったく忠次も新七も、鬼みたいなやつらだ。

「……そう言えば、次は留ちゃんがお化けを見る番だったね」

銀太がにやにやしながら留吉に言った。出たな鬼の頭目《とうもく》、と思いながら留吉は睨みつけた。

「そうなんだけど、あの女の子は違うよ。これまで通りなら、先に他の人が臭いを嗅《か》いだり声を聞いたりして、お化けを見る人は最後になるはずなんだ。もしあの女の子がお化けだったら、今回はいきなり初めに見たことになる。『見る』『聞く』『嗅ぐ』の順番はいつも通りなのに、そんな細かいところが変わるのはおかしいだろう」

「そうだね。お多恵ちゃん、芸がないから」

「銀ちゃんが仲間外れになるのも、いつもと同じだもんね」

「うっ」

痛いところを突かれたらしく、今度は銀太の方が留吉を睨みつけた。留吉は胸のすく思いがして、頭を揺らしながら、ふふふん、と鼻先で笑った。

「……つまりさ、留ちゃんはこの道を家の建て込んだ行き止まりの路地だと思い込んだわけだろう。いや、思い込まされたのか、狸に」

すかさず銀太が反撃に出た。留吉は顔から笑みを消した。

「化かされてなんかいないよ。確かにあったんだ。それで、行き止まりのように見えるが実は手前で右に曲がれて、板塀に挟まれた細長い路地になっていたんだ」

「ここがその場所だとしたら、その路地はすすきの原っぱの中ってことになるよ。多分そこに、狸の巣があるんじゃないかな」

「むむっ」

どうしても銀太は狸の仕業《しわざ》ということにしたいらしい。

「……あのさ、楽しく銀ちゃんとやり合っているところを悪いんだけどさ」

遠慮がちに新七が口を挟んできた。

「新ちゃん、何の用だよ？」

「そう怒らずに聞いてくれよ。留ちゃんは先に他の人が臭いを嗅いだり声を聞いたりして、お化けを見る人はその後になるって言っていただろう……実はさっき、妙な声を聞いたんだよね、俺。女の子の笑い声のような気がしたけど」

「ええっ」

留吉は慌てて身構えた。忙《せわ》しなく辺りに目を配る。

川岸ですすきが揺れている。それがいちいち目に入ってどきりとするが、幽霊がいるわけではなかった。目を転じて右の方を見ると、四之橋を渡っていく人の姿が見えた。これも幽霊ではない。ただの行商人だ。左手の方へ顔を向ける。誰もいなかった。振り返って自分たちが出てきた狭い路地を眺める。この近くに住んでいると思われる腰の曲がった婆《ばあ》さんが、よたよたとした足取りで歩いていた。二、三年後はどうだか分からないが、とりあえず今は生きている人のようだ。

「……お化けらしきものはいないよ。忠ちゃんはどうなの。臭いを嗅ぐ番だけど」

まだ左右に目を動かしながら、留吉は忠次に訊ねた。

「変わった臭いを嗅ぐには嗅いだけど、いつもとはちょっと違うんだよね。何かが腐った臭いとか、血の臭いとか、そういうはっきりとした『臭い』ではないんだ。もの凄《すご》く冷たいものが鼻に入ってきたっていう感じなんだ。あえて言うなら、『ひんやりと冷えた臭い』だ」

「……それは、すぐそこまで訪れている冬の香りってやつだろうな」

新七がどことなく風流というか、少々年寄り臭いことを告げた。留吉はすぐに文句を言う。

「ちょっと新ちゃん、おいらは必死なんだからさ」

「ごめんよ。どうやら留ちゃんには幽霊の姿が見えてないみたいだし、妙な声がしたのは気のせいだったみたいだな。風ですすきが揺れる音を聞き間違えたのかもしれない。だからさ、忠ちゃんの鼻に入ってきたのも、川面《かわも》を渡ってきた冷たい風だと思うんだよ」

「それならいいけど」

留吉はもう一度、辺りを見回した。やはり怪《あや》しいものは目に入ってこなかった。

「……そろそろ長屋に戻った方がいいかも」

空を見ながら忠次が言った。留吉も見上げると、思っていた以上に日が西へと傾いていた。やはり秋は暮れるのが早い。

留吉は目を背後の路地の方へ移した。そこは確かに昨日通った路地だ。しかしそこから出た、今いる場所は昨日とは違う。まったく不思議だ。それに……。

「あの女の子は何だったんだろう」

留吉はぼそりと呟いた。

「だから、狸だって」

すかさず銀太が返事をした。まだ言うか、と留吉は思いっきり銀太を睨みつけた。

三

数日後、留吉は瑞聖寺そばの店へ再びお使いに出された。

前回、土産をくれたことへの返礼の品を持っていく用事だった。その土産だってこちらから届け物をしたから持たされたので、いわばそれはお礼のお礼ということになる。まったく大人たちのやることはいちいち面倒臭い。もしかしたら自分はこのまま、数日おきに行ったり来たりさせられることになるのではないかと、留吉はうんざりした気分になった。

しかしその心配は杞憂《きゆう》に終わり、今回は先方から何も持たされなかった。留吉は半分ほっとし、半分がっかりしながら帰路についた。

そうして今は、再び四之橋が見える辺りまで戻ってきたところである。

——まさか今日もいるなんてことはないよな。

留吉はそう考えながら、数日前にあの女の子が最初に入っていった路地の少し手前で立ち止まった。辺りをきょろきょろと見回す。

来る時にはぽつぽつと人通りもあったが、今はただの一人も歩いていなかった。猫の子一匹すら見えない。周りに建つ家からも、物音ひとつ漏《も》れてこなかった。不安になり、歩いてきた道を振り返った。途中ですれ違った人がいたから、まだ背中が見えるのではないかと思ったが、どこかで道を折れてしまったのか、その人も姿を消していた。

空を見上げる。お天道様はやや西の空に傾きつつあったが、それでも日暮れまでには間があるようだった。それはいいとして、留吉は別のことが気になった。鳥がまったく飛んでいないのだ。

川のそばだし、武家屋敷もあるので木々が多い。少し向こうには田畑もある。鳥がいないというのは変だ。留吉はそう思って、しばらく空を見続けた。しかしやはりただの一羽も目に入らなかった。

――まるで生き物がすべていなくなってしまったかのようだな。

こんなことってあるのかな、と首を捻った留吉は、ふいに数日前のことを思い出した。そう言えばあの女の子を追いかけていた時も、途中で他の人間にまったく会わなかった。

どういうことだろう、と思いながら顔を橋の方へ戻す。

そこで留吉は小さく「うわっ」と声を上げた。あの女の子が、路地の向こうから顔だけを覗かせてこちらを見ていたのである。

留吉は思わず二、三歩後ずさった。その様子がおかしかったのか、女の子はにこっと笑った。前回見たのと同じく、やたらと愛嬌が感じられる可愛らしい笑顔だった。

それから女の子は、留吉に向かって手招きをしてから、建物の陰へ顔を引っ込めた。

――ついて行かない方が……いいよな。

当然だ。尋常《じんじょう》ではないことが起こっているのは確かなのだから。

しかし、帰るためには女の子がいた路地の前を通り過ぎて進まなければならない。

留吉は路地があるのとは反対の、通りの右側の方へと体を寄せて、恐る恐る歩を進めた。

路地のそばまで来た。ゆっくりと、少しずつ顔を動かして、留吉は路地を覗いていった。

この間は、少し先にある右手の建物の陰から女の子は顔を出して手招きしたのだった。その建物がすっかり見えるところまで顔を動かした時、女の子が向こう側へと走って姿を消す姿が目に飛び込んできた。

ほんの短い間のことだったが、留吉は二つのことを確かめていた。一つは、女の子にちゃんと足があったことだ。春と夏にそれぞれ一度ずつ幽霊に遭っており、「幽霊には足がない」というのが嘘だということは承知していたが、それでも留吉は少しほっとした。

そしてもう一つは、女の子に尻尾がついていなかったことだ。今度はしっかりと尻を眺めた。あれは狸や狐なんかじゃない。

留吉は立ち止まってしばらく考え、それから路地へと足を踏み入れた。

このまままっすぐ橋の方へ進んだ方がいいとは分かっていた。だが、そうはいかなかった。銀太から散々馬鹿にされたことがずっと心にわだかまっていたのだ。いや、銀太だけではない。見たと言った場所がなかったのだから、忠次や新七も口にこそ出さないが、留吉が嘘を吐いたと思っているに違いないのだ。

今を逃すと、汚名を返上することができなくなるかもしれない。溝猫長屋を離れて奉公に出ることを考えているが、嘘吐きと思われたまま去ることはできない。

——もちろん、すぐに逃げられるようにして、と……。

留吉は息を殺し、足音を消して女の子が消えた建物の陰へと近づいた。そういう動きは得意だった。忠次から「お前は忍びの者か」と感心されるくらいだ。向こう側を覗く前に、慎重に気配を探る。何も感じられなかった。それでも安心はせずに、先ほどと同じように反対側に体を寄せて、ゆっくりと首を伸ばす。

すぐそばに女の子がいたらどうしよう、と内心びくびくしていたが、そんなことはなかった。女の子は先の方にある、左手に曲がる路地の所にいて、留吉が覗くのと同時にそこへ入っていった。今度もやはりわずかな間姿を見せただけだった。

――あそこは確か、すぐ先で行き止まりになっているように見える路地だったよな。

そして、みんなと来た時はそうではなく、川沿いの道だった場所だ。

留吉は目を凝らした。正面には川も、川岸のすすきの原っぱも見えない。それに、四之橋の方へ向かう右に曲がる道もなかった。

ただ、周りに建つ家々や板塀は本物に見える。何が本当で何がまやかしなのか、留吉は分からなくなった。あれこれと考えることをやめ、とりあえず先へ進むことに決める。

曲がり角に近づいた。そっと覗くと、今度は女の子の姿はなかった。だがどこに行ったかは分かる。見えづらいが右に曲がることができるのだ。左右を板塀に挟まれた、あの細長い路地である。

留吉はその場所まで進み、やはり同じように首を伸ばして路地を覗いた。前に見たのと同じ光景があった。板塀に挟まれた細い路地があり、ずっと先の方にある曲がり角から女の子が顔を出してにこにこと笑っている。

——前回はここで引き返したんだよな。

今回はどうするか。せっかくここまで来たんだ。進んだ方がいいのだろうが……。

躊躇《ためら》っていると、女の子が腕を伸ばし、留吉に向かって手招きした。それに誘われるように、留吉はふらふらと路地に足を踏み入れた。

女の子は安心したような顔をして小さく頷《うなず》き、それから角の向こうへ頭を引っ込めた。留吉はそれを追いかけるように足早に歩いた。慎重に進もうという気持ちなどすっかり消え去っていた。あの女の子を捕まえたい、正体を確かめたいということで頭が一杯になっている。

角に着いた。留吉は足を緩めず、勢いよく曲がった。

意外な景色が広がっていたので留吉は目を見張った。そこは色とりどりの花が咲き乱れている野原だった。草も青々としている。まるで今は春であるかのように見える。

それから、川も流れていた。しかしお馴染《なじ》みの古川の流れではなく、幅がわずか半間ほどの、留吉なら軽く向こう岸へ跳び越せそうな細い小川だった。

そしてもちろん、女の子もいた。小川のすぐ脇に座り、こちらに背を向けて両手で顔を覆《おお》っている。肩が揺れているので泣いているようだ。

「ねぇ、どうしたの」

留吉は訊ねた。女の子からの返事はない。

「さっきまでにここにこしていたじゃないか。急にどうしたんだよ」

訊きながら、女の子のすぐ後ろまで行った。それでも相手が動かないので、留吉は女の子の肩へと手を伸ばした。

軽く触れただけだった。押したわけじゃない。それなのに女の子はぐらりと揺れて、小川の流れの中にどぶんと落ちた。

「あっ」

幅が狭いので浅いものだと思っていたが、小川は深かった。あっという間に女の子は頭まで沈んでしまった。見えているのはもがくように動いている腕だけだった。

留吉は慌てて右手を差し伸べた。すると、女の子の腕が素早く動き、留吉の手首をつかんだ。

凄《すさ》まじい力で引っ張られ、留吉は流れの中へと落ちた。

小川は、やはりかなり深かった。留吉でも足はつかなかった。

このままでは二人そろって溺《おぼ》れてしまう。留吉は女の子の手をいったん振り解《ほど》くことにした。そうして自分が岸に上がってから、うまく相手の腕をつかんで引き上げるのだ。

女の子に握られている右の手首へ、左の手を持っていく。凄い力でつかまれているので、指を引き剝《は》がそうとしたのだ。女の子の手の上に重ねるように、自分の左手を置く。

――あれ？

妙だった。相手の手が、自分のものより大きい。留吉は目を動かして、女の子の姿をまじまじと見た。

そこにいたのは、髷《まげ》の解けた長い髪を黒い水草のように水に漂わせている、「大人の女の人」だった。顔も、体の大きさも変わっている。だが、にこにこと笑っている様子はまったく同じだった。

留吉は悲鳴を上げようとした。だが、そこは水の中だ。声は出ていかず、代わりに大量の水が口の中へと入り込んできた。

ごぼごぼごぼっ、と自分の息が漏れていく音が耳に入る。そう言えば女の子を追いかけている間、その笑い声や足音を一切聞かなかったな、と留吉は思った。

きっとそういうのは新ちゃんの方へ届いているに違いない。臭いは忠ちゃんだ。嗅いだと言っていた「ひんやりと冷えた臭い」というのは、この水のことなのだろう。いや、だけどもしこの女の人が水で死んだのだとしたら違う臭いがするはずだ。前にも川で死んだ人の幽霊が出たけど、忠ちゃんが感じたのは凄まじい生臭さだった。それなら、冷えた臭いとは何なのだろう……とぼんやりと考えているうちに、次第に留吉の目の前が暗くなっていった。それにつれて締め付けられるような痛みが頭に広がっていく。

ああ、おいら死んだな……と冷静に思いながら、留吉は気を失った。

四

目を開けると、人相の悪い男が目の前にいた。

年がよく分からない。三十をとうに過ぎているようにも見えるし、案外若くてまだ二十五、六のようにも見える。目付きが悪く、さらに顔まで歪《ゆが》めてこちらを睨んでいる。一目見て最初に浮かんだのは「凶状持《きょうじょう》ち」という言葉だった。

顔色がやけに青白いが、それがかえって不気味さを増しているように思えた。角《つの》が生えているようには見えないが、案外と本物の鬼というのはこういう者なのかもしれない。これに比べれば銀太や忠次、新七は菩薩《ぼさつ》のようなものだ。鬼だなんて思ってしまってごめんなさい、と留吉は心の中で謝った。

「起きたか」

目の前の鬼はぼそりと言った。低い声だった。まさに地獄の底から響いてくるような声、というやつだ。ああ、やっぱりおいら地獄に落ちちゃったんだな、と留吉は思った。

悲しくて泣きそうになっていると、鬼は横を向いて、「親分、気づきましたぜ」と言った。

銀太ではなく、本物の鬼の頭目が出てくるのだと留吉は恐れおののいた。ところが、横から顔を覗かせたのはよく見知っている男だった。

「おう、留吉。気分はどうだ。体を起こせるか。これまでもだいぶ水を吐かせたんだが、もしまだ出るようだったら、そこら辺に遠慮なく吐き散らかしてくれ」

麻布界隈を縄張りにしている目明《めあか》しの親分、弥之助《やのすけ》だった。

弥之助は子供の頃、溝猫長屋に住んでいたことがあり、そのよしみで今でも長屋によく顔を出している。だから留吉のことも知っているのだ。また、長屋の住人以外でお多恵ちゃんの祠の秘密を知っている数少ないうちの一人でもあった。

「……親分さん、どうして死んじゃったの」

「ああ？」

「だってここ、地獄でしょ。鬼もいるし」

「まだ寝ぼけてるのか。いいか、留吉。俺は死んでないし、お前も生きている」

弥之助は笑いながら人相の悪い男の方を向いた。

「そしてこいつは、もちろん鬼じゃない。うちで使っている男だ」

弥之助は目明しをする傍《かたわ》ら、家業として煙草《たばこ》屋を開いている。だからそちらの仕事もしているのだろうが、同時に下っ引きとして使っているという意味も含んでいるに違いなかった。

「へえ、そうなんだ。見たことがなかったから鬼かと思った」

「結構前から使っているんだけどな。いつもうちの奥で葉煙草を刻んでいるんだよ。あまり表に出たがらない男だから知らないのも無理はない。だがな、留吉。こいつは鬼じゃないと言ったが、それはそんな呼び方じゃ甘いということだからな。鬼と呼ばれるよりおっかない二つ名を持っているんだよ。その名も、ちん……」

「親分」

男はすっと手を前に出して弥之助の言葉を止めた。そして弥之助に向かって二、三度首を振ってから、留吉の方を見た。

「俺のことはただ『竜《りゅう》』と呼んでくれればいい。どうやら無事みたいだから、これで俺は行くぞ。あまり周りの者を心配させないようにな」

竜と名乗った男はくるりと踵を返し、生い茂ったすすきを掻《か》き分けてあっという間に姿を消した。去り際に、その着物からしずくが垂れているのに留吉は気づいた。同時に、自分が古川のほとりに体を横たえていること、どうやらそこで溺れたらしいこと、すでに日はほとんど暮れて、辺りが薄暗くなっていることなども分かった。

「おいらを水から引き上げてくれたのは竜さんみたいだけど、お礼を言う前に行っちゃった」

「ああ、あいつは礼とかを言われるのは苦手だから構わない。俺から伝えておくよ。それより留吉、本当に気分は悪くないか」

弥之助が心配そうに訊いてきたので、留吉は体を起こしてみた。

「平気みたい。むしろすっきりしてる」

「そいつは良かった。水に落ちてすぐに助けたから無事なんだろうな」

「ふうん。だけど、親分さんたちはどうしてこんな所にいたの」

見たところ釣《つ》り竿《ざお》などは持っていないようだ。家業もあって何かと忙しいだろうに、なぜこんな川辺を歩いていたのだろうか。

「不思議なんだけど」

「ふむ、そうだろう。順を追って話した方がいいかな。まず、俺はお前が女の子を見かけたという話を、耕研堂の古宮先生から聞いた。そういうお喋りをしていたようだな」

「へえ」

聞こえていないと思ってお喋りしているが、師匠の耳には案外と子供たちの話し声が入っているらしい。

「それで、その話を聞いた俺は、もしかしたらと思って、手下をこの川辺に配していたんだ。あの竜だけじゃなくて、いつもは煙草を売り歩いている仁《じん》という男とか、その他、使える者を点々と置いて、川を見張っていたんだよ」

「つまり、おいらがここで溺れるってことを親分さんは分かっていたってこと？」

「はっきりと分かっていたわけではないさ。ただ、この川では数年前から、たまに子供が溺れ死ぬという出来事が起こっているんだ」

「そうなんだ。だから大家さんは、子供だけで川に行ってはいけないとうるさく言っているのか。春頃、銀ちゃんと忠ちゃん、新ちゃんの三人がこの辺りに釣りに来たんだけど、危なかったんだね」

「どうかな。もちろん気をつけないと駄目だが、実は釣りや川遊びに来た子が死ぬわけじゃないんだ。少し離れたところで遊んでいたのに急にいなくなって、探したらこの川に浮いていたとか、そういうのが多いんだよ」

「それは怖いな……ああ、そういうことか」

留吉は、なぜ弥之助が川を見張っていたのかが分かった。溺れ死んだ子たちも留吉のように、あの女の子に誘われてふらふらと後をついて行き、水の中に引き込まれたのだろうと考えたに違いない。

「うむ。だから留吉の身に起こったことを詳しく聞かせてもらいたい。どうも相手が幽霊らしいから俺の出番ではないだろうが、知っていれば防げる死もあるからな。子供が死ぬのだけは何としても止めたい」

弥之助は頰を引き締め、厳しい表情で言った。この男、界隈では「泣く子も黙る弥之助親分」と恐れられているが、その正体は、泣く子を黙らせるために必死であやしたり飴玉《あめだま》などを買ってやったりする、ただの子供好きな親分なのである。

「だが、とにかくまず、留吉はいったん長屋に帰った方がいいな。話はそこで聞く。

一応着替えさせはしたが、少々丈が短かった。風邪《かぜ》をひくとまずい」

留吉は、自分の着物が替えられていることに気づいた。そういう物まで用意して川を見張っていたらしい。さすがは弥之助親分だと留吉は感心した。

「……ふうむ、なるほど。子供を川へ誘い込む女の子の幽霊か。怖いな。これからは子供たちを川へ近づけないよう、いっそう厳しく当たらないといけない」

溝猫長屋の大家、吉兵衛の言葉である。留吉がいったん家に戻って自分の着物に着替え、それから長屋の奥のお多恵ちゃんの祠《ほこら》のそばで待っている弥之助と話をしようと出ていったら、すでに吉兵衛がいたのだ。

弥之助は顔をしかめていたので、わざわざ呼んだわけではなさそうだった。吉兵衛の方で何かが起こったようだと察し、家を飛び出してきたということらしい。そうして留吉が溺れた時の話を吉兵衛も聞き、説教が始まったというわけである。

お多恵ちゃんの祠のそばには他に、忠次、銀太、新七の三人もいる。こちらは留吉と一緒に話を聞こうと考えた弥之助が呼び出したのだが、その後で吉兵衛もやって来たために、気の毒なことに共に説教を聞く羽目に陥ってしまった。

「もっとも儂《わし》の言いつけを守らずに川へ遊びに行ってしまうのはお前たちくらいなも

のだ。この間は空き家に忍び込むことを禁じたが、川で遊ぶことも改めて禁じる。分かったか」

四人の子供たちは苦々しい顔をしながら、声をそろえて「はい」と返事をした。

もう日が暮れた後だから、祠のそばにいるのはこの六人だけである。もちろん多くの猫と一匹の犬がうろうろしているが、それは言うまでもない。

「……そうそう、その空き家のことで話があったんですよ、大家さん。古川町《ふるかわちょう》の、以前は三春屋《みはるや》という酒屋だった家です。そこで忠次が親子の霊を見たので、調べてみてくれということでしたが……」

子供たちは知らなかったが、吉兵衛と弥之助との間でそういう話になっていたらしい。

「へえ、親分さん、あの家のことを調べていたんだ」忠次が声を上げた。「おいら不思議に思っていたんだ。酒屋さんは夜逃げをしただけで、あの空き家では誰も死んでいないって話だった。それなのに、あんなお化けが出るなんて卑怯《ひきょう》だ。親分さん、あの親子はいったい何なのですか」

「酒屋の三春屋さんだよ。店主と、その子供」

「えっ、でも……」

「確かにあの家では誰も死んでいない。ところが幽霊が出た。それで、夜逃げをした後の足取りを調べてみたんだ」

弥之助は、そこでまた吉兵衛の方を向いた。

「借金取りに追われないよう夜逃げをするわけだから、さすがに調べるのに苦労しました。しかも、かなり前のことですからね。あちこちの土地の親分さんに頭を下げて、ようやく分かりましたよ。古川町から出ていった後、一家は深川《ふかがわ》の冬木町《ふゆきちょう》に移り住んでいました。そこで……一家心中したんですよ」

「ほう」吉兵衛は眉をひそめた。「まあ、幽霊が出てきたのだからそういう話になるだろうと思っていたが、気分は良くないね。幼い子供まで死ぬことはない。まったく碌《ろく》でもない父親だ」

「おっしゃる通りです……と言いたいところですが、実は、手を下したのは母親の方なんですよ。その一家は亭主の晋五郎《しんごろう》、女房のお増《ます》、五つになる子供の長太《ちょうた》の三人なのですが、晋五郎と長太が寝ているところを、お増が刃物で刺し殺したらしい」

「ああ、だから着物が血で染まっていたんだ。新ちゃんも血の臭いを嗅いだし」

忠次が口を挟んだ。

「うむ。だから恐らく、忠次が見た親子の霊というのは晋五郎と長太だと思うんです。死んだのは冬木町に移ってからすぐらしいので、思い入れのある元の家に魂が戻ったのでしょう。もしかしたらずっとそこにいたのかもしれませんが、三人が夜逃げした後にその家に移り住んだ人は何も感じなかった。たいていの人はそんなものでしょうね。ところが忠次は、お多恵ちゃんの祠の力があるので、しっかりと見てしまった……と、そんな風に考えているのですが、大家さん、ここまでいかがですか」

「ふうむ。まあ、そんなところだろうね。聞いている限りでは晋五郎、長太はそれほど悪い霊ではないようだが……ところで女房のお増はどうなったんだね」

「ああ、さすが大家さんだ。いいところに気づきました。実は二人を刺した後でお増も自害しているんですが、刃物では死にきれなかったようです。血をだらだらと流しながら夜の町をふらふら歩く姿を何人もの人が見たらしい。何しろお増は、そんな様子でこの麻布の方までやって来たのですから」

「なんだと。それは初めて聞いたぞ。そんなことがあったら儂の耳に入ってもよさそうなものなのに。儂もまだまだ甘いな」

吉兵衛は悔しそうに舌打ちした。

「いやぁ、大家さんが知らないことだって世の中にたくさんありますから……そしてお増は、最後は自ら川に飛び込んで死んだのです。その時にお増が、どの辺りで川に入ったのかは分かりませんでした。ただ、死体が上がったのは……」

そこで弥之助は、目だけを動かして留吉の方を見た。

「……今日、留吉が溺れた、まさにあの辺りなんですよ」

「うひぃ」

留吉は奇妙な叫び声を上げた。あまりにも突飛な感じの声だったので、忠次と銀太、新七、そして野良太郎までが跳び上がった。

「ちょっと留ちゃん、びっくりさせないでくれよ」

新七がむっとした顔で文句を言った。

「ごめん。だけど、おいら女の子だけじゃなくて、水の中で大人の女の人を見ているもんだからさ」

「うむ。留吉が見たというその大人の女がお増だとはまだはっきり言えないし、女の子の正体も分からない。ですから大家さん、これについてはもう少し調べてみます。ただ、私にもお上の御用というものがありますので、大家さんの頼みを聞いているばかりでは……」

「なんだ、忙しいのかね」

「この辺りにはまだ現れていませんが、近頃、江戸のあちこちで辻斬《つじぎ》りが出ているという話がありまして……」

「まったく物騒だな。まあお上の御用なら文句は言えん。そちらをやりつつ、こちらもしっかり調べてくれ……さて、前回の空き家の件と、今回の女の子の幽霊の件については、今のところ分かっているのはこれくらいか。しかし、それとは別に、どうにも腑《ふ》に落ちないことがあるのだが……」

吉兵衛は首を傾げながらお多恵ちゃんの祠の方を見た。それから子供たちの方を向き、怪訝《けげん》な顔で訊ねた。

「春や夏の時と、お前たちが見たり聞いたりする順番は変わらないようだ。だが今回はなぜか、今までと違う点があった。いつもならまず臭いや音が先にやって来て、霊の姿を見るのは最後になっていた。ところが今回は、留吉が先に女の子の霊を見たという。どうでもいいような細かいことだが、儂は妙に気になるんだよ。なぜそんなことになったのか、誰か心当たりのある者はいるかね」

忠次が横目でちらりと銀太を見た。そして銀太はかすかに顔をしかめた。傍目にはほとんど分からないようなそれらの動きを、薄暗い中、年寄りの吉兵衛は見逃さなかった。

「お前たち、何か隠しているな。正直に言いなさい。何をやった」

「ああ、いえ……」忠次が口を開いた。「これのせいかは分からないけど、銀ちゃんが、いつも同じ順番で幽霊を感じさせるお多恵ちゃんは芸がないって……」

「銀太、お前そんなことを言ったのか。だからお前のことを芸がないとか面白みがないとか言って叱った時に、やたらとへこんでいたんだな」

「はあ、ごめんなさい」

銀太は首を竦《すく》めて小さくなった。

「お前がそんなことを言うから、どうでもいいような細かい部分を変えてきたんだよ。つまり、芸が細かいところを見せたんだ。お多恵ちゃん、間違いなく怒っているよ。そう言えば今回は、危うく留吉が命を落としかけたな。これまでなら屋根から落ちても木に引っかかったりして、せいぜいかすり傷で済んでいた。それもきっとお多恵ちゃんのお蔭《かげ》なんだ。ところが今回は違った。弥之助がいたから良かったが、かなり危なかった。銀太、お前が怒らせたからだよ。謝りなさい。儂がいいと言うまで、これから毎日、祠に謝り続けるんだ」

「えええ」

「決まりだ。分かったら返事をしなさいっ」

有無を言わせない強い口調に抗《あらが》えず、銀太はすぐに「はい」と返事をした。いや、銀太だけではなかった。あまりにも吉兵衛に迫力があったために、思わず忠次や新七、そして留吉も返事をしてしまった。さらには野良太郎までが「ばぅ」と返事のような呻《うめ》き声を漏らした。

それからしばらくの間、溝猫長屋では朝な夕なに祠に向かって頭を下げ続ける、四人の子供と一匹の野良犬の姿が見られたという。

開かずの理由《わけ》

一

麻布《あざぶ》の端に森元町《もりもとちょう》という場所がある。溝猫《どぶねこ》長屋から芝の増上寺《ぞうじょうじ》の方へ向かうと、ちょうど寺のすぐ手前の辺りになる町だ。

その森元町の一画にある寂《さび》れた裏長屋に、「開かずの部屋」なるものがあるという。噂によるとその部屋では、誰もいないはずなのに人の気配がするらしい。

そこを借りているのは、同じ長屋の表店《おもてだな》に住んでいる老夫婦である。寝起きはそちらでしているのに、わざわざ裏店のひと部屋を借りて、そこの銭も出している。それなのに、まったく使うことなく閉め切っているのだ。なぜそんな無駄なことをしているのかは分からない。

老夫婦はその裏長屋へ入る木戸口のすぐ脇で、履物《はきもの》や傘、蓑笠《みのかさ》などを商う小さな店を開いている。しかし滅多《めった》に人が通らない場所にあるので客がいるのを見たためしがない。それでも亭主である爺《じい》さんは、盆でも正月でも、あるいは雨や雪だろうとお構いなしに、一日も欠かすことなく店を開け、戸口の前に置かれた縁台に座って通りを行き過ぎる人や裏長屋に出入りする人に目を配っている。飯を食う時や厠《かわや》に行く時は婆《ばあ》さんに替わるので、ほんのわずかな隙《すき》もないという。まるで何かを見張っているかのようだ。これもまた奇妙な話である。

「……ということで、手習が終わったらそこへ行ってみようよ」

新七はにんまりしながら、忠次、銀太、留吉の顔を見回した。

四人は手習所の耕研堂《こうけんどう》にいる。師匠の古宮蓮十郎が席を外しているので、新七たちばかりでなく他の子供たちも、隣に座っている子と喋《しゃべ》ったり落書きをしたりとめいめい好きなことをしていた。

「留ちゃんは行けるかい。それとも忙しくて無理かな。近頃は弟や妹の子守をさせられる代わりに、お店の手伝いを頼まれることが多いみたいだけど」

忠次と銀太は暇に決まっているので、新七は留吉にだけ訊《たず》ねた。

「おいらは平気だけど……」留吉は訝《いぶか》しげな顔をした。「新ちゃんはまずいんじゃないの」

「どうして?」

「今度は新ちゃんが見る番なんだよ。それなのに……」

「ああ、そのことか」新七は、ふふん、と自慢げに声を出して笑った。「だからだよ。いつどこで、どんな幽霊に出遭うか分からないなんて嫌だろ。それなら出そうな場所へこちらから行ってしまった方がいい」

「新ちゃんがそう言うんなら構わないけどさ。だけど、おいらが川で溺《おぼ》れたのは昨日だよ。その翌日に都合よくそんな場所が見つかるなんて……」

「前もって探しておいたんだよ。備えあれば患《うれ》いなしってよく言うだろ」

「年寄りがたまに言っているのは聞くけど、子供はあまり……」

「そうかな、俺は結構使うけど……」新七は首を傾げた。「……まあいいや。実を言うとね、その開かずの部屋を借りているお爺さん、お婆さんのことを知っているんだよ。今でこそ小商いをしている店の主《あるじ》だけど、そこのお爺さんは昔、釣《つ》り竿《ざお》を作る仕事をしていたんだ。ちょっと名のある職人さんだったみたいだよ。だけど今はもうやめちゃって、たまに道楽で作るだけなんだってさ。うちのお父《とっ》つぁんは釣り好きで、そのお爺さんの作った竿も持っているんだけど、それで年に一、二度は必ずそのお爺さんのところへ顔を出している。そのお父つぁんに連れられて、俺もそこへ行くことがあるんだよ」

　増上寺などへ行ったついでに寄るだけであるが、毎回訪れるたびに歓待してくれる。とても話し好きな、優しい老夫婦である。

「いつもお茶とかお菓子を出してくれるんだ。お菓子と言っても煎餅《せんべい》みたいな日持ちのするものばかりだけどさ。常に買い置きをしているみたい。それを食べながら色々な話をするんだけど……」

「ちょっと待ってよ、新ちゃん。それならさ、どうしてそんな開かずの部屋を借りているのか、そのわけを訊《き》いてみたことがあるんじゃないの。多分、新ちゃんならそうしそうだ」

「おっ、さすが留ちゃん。いいところに気づくねぇ。その通りだよ。もちろん俺も、それとなく訊ねたことはある。だけど、はぐらかされちゃったんだよ」

　新七の父親も、開かずの部屋のことについて何やら事情を知っていそうな雰囲気があった。だがこちらも口をつぐんだままで、やはり何も教えてはくれなかった。

「だからこそなおさら怪《あや》しいと思った俺は、その長屋に住んでいる人とか、近所の人とかにも訊いて歩いたんだ。しかしやっぱり誰一人喋ってくれない。どの人も知っていそうな気配はあるんだけどさ」

他にもその長屋によく出入りしているらしき豆腐屋や納豆屋などにも当たってみたが、同じように口を閉ざしてしまった。開かずの部屋を借りているお爺さんやお婆さんに、みんな気兼ねしているようだった。

「それで諦《あきら》めようと思った時に、ちょうど紙屑《かみくず》買いのおじさんが通りかかったんだ。その人は年がら年中その長屋に顔を出しているというわけではないみたいだったけど、念のためにその部屋のことを訊ねてみたんだよ。思った通り、そのおじさんは何も知らなかった。ただ、前にそこを訪れた際に、開かずの部屋の中から人の気配を感じたことがあったんだってさ。それで、ご用はございませんかって中に声をかけたらしいんだ。でも返事がないので首を傾げていたら、別の部屋の人が顔を出して『あんた、そこに人は住んでいないよ、中には誰もいやしないよ』って言われたそうなんだよ。おじさんはそれからも何度かその長屋を訪れているけど、いつも開かずの部屋の中に誰かいるような気がするって言ってた」

新七と同じように、その紙屑買いも長屋の住人に部屋のことを訊ねてみたという。しかし、やはり何も教えてもらえなかったそうだ。つまり新七に何も告げないのはまだ子供だからというわけではなく、事情を知らない人にわざわざ教えるような話ではないからなのだろう。

「どうだい留ちゃん、怪しいと思わないか。幽霊が出そうっていう意味で」

「うん、確かにそんな気がする。そこへ行こうって言うのか。だけどさ、新ちゃん。もしもだけど、とてつもなくおっかないお化けが待ち構えていたらどうするの」

「うん……それも考えたんだけど、そこが本当に幽霊の出る部屋だったとしても、多分それほど始末の悪いのはいないと思うんだ」

開かずの部屋のことを訊き回っている時に気づいたが、事情を知っていそうな長屋の住人たちは、少なくとも数年はそこに住んでいるような人ばかりだった。たまに訪れる紙屑買いが妙な気配を感じているのだから、住人の中にだってこれまでに何かを感じた人はいたはずだ。しかし住み続けている。開かずの部屋は木戸口を入って一番手前にあるので、住人は毎日その前を通っているのだ。それでも長屋を出ていかないということは、さほどのことは起こらないと考えていいのではないだろうか。

「その開かずの部屋を借りているお爺さんがいつも長屋の木戸脇の店の前で座っているから、こっそり長屋に忍び込むわけにはいかない。だからまず、その店でお茶や煎餅を御馳走《ごちそう》になろうと思うんだ。お父つぁんに連れられて俺が行くと、いつも『今度はお友達を連れていらっしゃい』と言われるから、みんなで押しかけても心配はない。子供好きで話好きっていうお爺さん、お婆さんなんだよ。それでお喋りをしながら隙を見て、厠に行く振りをして抜け出せばいいんだ」

厠は裏の長屋のものを使っているので、怪しまれることなく開かずの部屋を見に行ける。素晴らしい作戦だ。それに部屋の戸を開けるのに苦労するというわけでもない。新七が前もって見たところ、腰高障子《こしだかしょうじ》の下の部分に釘が打ち付けてあったが、わずか一本だけだった。釘抜きを持っていけば楽に外すことができる。

「それでは留ちゃんに用がないということだから、手習が終わったら森元町の長屋へ行くということで……」

新七が満足しながら話をまとめようとすると、銀太が口を尖《とが》らせた。

「ちょっと待ってよ。前回もそうだったけど、おいらにはまだ何も訊いていないじゃないか。それに忠ちゃんにも。おいらたちにだって用事があるかもしれないだろ」

「えっ、そうなの。二人は当然行くものと思っていたけど……」

「もちろん行くよ。少なくともおいらは行く。たとえそこが本当にお化けの出る場所だったとしても、今回は新ちゃんが見て留ちゃんが嗅《か》いで忠ちゃんが聞く番なんだ。どうせいつもと同じで、おいらだけ仲間外れにされるに決まってる。つまりおいらにとっては、お化けは出ないで煎餅が出るという、すごくいい場所ということになる。だからさ、おいら一人でも行っちゃうよ。なんなら今日だけと言わず、毎日通ってもいいくらいだ……でも、そこは念のため訊ねるのが筋ってものじゃないのかな。ねぇ忠ちゃん」

銀太の横に座っている忠次が頷《うなず》いた。

「おいらも暇だから行くけどさ。一応は訊いてくれた方が、ちょっとだけ気分がいい」

「そっか。それでは改めて訊ねるけど……と思ったらお師匠さんが戻ってきちゃった」

席を外していた蓮十郎が部屋に入ってきて、他の子供たちが一斉《いっせい》に天神机《てんじんづくえ》に向かって筆を動かし始めた。

「じゃあ、次からはちゃんと訊くということで。今日はみんなで森元町に行くということでいいね」

新七は小声で忠次、銀太、留吉に同意を求めた。三人は大きく頷いた。

二

「へぇえ、そんな長い釣り竿を作ったことがあるんだ。凄《すご》いなぁ」

銀太が感心したような声を上げた。

森元町の、例の年寄り夫婦の店である。店を開けている間は、爺さんか婆さんのどちらかは必ず表の縁台に座って通りを眺めているのだが、今はその役目を婆さんの方が担《にな》っている。爺さんは店の帳場に座って、子供たち相手に若かりし日の自慢話をしている最中だ。子供たちは上がり框《かまち》に座って、煎餅をかじりながらその話を聞いている。

「うむ。とある大店の主が注文してきた竿なんだが、釣りの腕はたいしたことないくせに、やたらと細かいところに口を出してくる客でね。職人に任せるべきところは任せた方が良い物ができるんだけどな」

「うんうん、そうだよね。うちの父ちゃんも将棋《しょうぎ》の盤とか駒《こま》とかを作る職人なんだけど、たまに変なこだわりを持って妙な注文してくるお客がいて困るって言ってた」

「まぁ、客がそれでいいと言うのなら、黙って相手の注文通りの物を作るのも職人の仕事だけどな。だが、その通りに作ったのに後から文句を言ってくる輩《やから》も多いから困ったものだよ」

話をしやすいように銀太がうまく相槌《あいづち》を打ってくれるので爺さんの口調は滑《なめ》らかだ。気分よさげな感じである。

――よしよし、ここまでは思い通りに進んでいるな。

新七は爺さんには分からないように、こっそりと頷いた。今はまず留吉が裏の長屋にある厠へ行っているところである。

今回、留吉は臭いを嗅ぐ順番に当たっている。だから初めに様子を調べに行ってもらったのだ。留吉は家から持ってきた釘抜きを懐《ふところ》に隠し持ってもいた。もし長屋の路地に誰もいなくて、見咎《みとが》められる心配がなかったら、戸口に打ち付けてある釘を抜くことになっている。ただし、中を覗《のぞ》くかどうかは留吉次第だ。大事なのはあくまでも臭いを確かめることだった。

もし留吉が例の開かずの部屋で妙な臭いを感じたら、次は聞く順番になっている忠次が行く。それでやはり部屋の中から物音や声がしたとなったら、いよいよ新七の出番だ。

さすがに一人で見るのは怖いので、新七の時は一緒に銀太も小便に付き合うことになっている。銀太を従えて、と言うより盾《たて》にして、あまり怖くない幽霊がいることを願いつつ開かずの部屋の戸を開けるのだ。

「……将棋の盤や駒も作った職人の腕はもちろん、材になる木によって良し悪しが変わるが、それは釣り竿も同じでな。とにかく良い竹を求めることから始まる。そのためにあちこちを歩き回るわけだが、儂《わし》がまだ若い頃、箱根《はこね》の方の山を歩いていた時に……」

爺さんの昔話がさらに長く続きそうな雰囲気になった時、抜け出していた留吉が戻ってきた。新七が横目で様子を見ていると、留吉は首を傾げながら座り、前に置かれていた茶をぐびっと一口飲んだ。

「……どうだった？」

爺さんが留吉のことをまったく気にせず、銀太を相手に喋り続けているのを確かめてから、新七は小声で留吉に訊ねた。

「うん……釘は抜いたけど、中までは覗いてない。戸口の手前で鼻を動かしただけだよ。そうしたら、間違いなくある匂いを感じたんだよね……」

留吉はまた首を傾げて今度は煎餅を手に取り、ばりっと気持ちの良い音を立ててかじる。そのままぼりぼりと煎餅を噛《か》み砕き、茶で流し込んでから、ふう、と一息吐いた。

「勿体《もったい》ぶってないで教えてくれよ。どんな臭いだったの。何かが腐ったような、鼻が曲がりそうなほど嫌な臭いかい。それとも線香の匂いとか」

「……味噌汁だよ。中から美味《おい》しそうなお味噌汁の匂いがしてきたんだ。お蔭《かげ》でおいら、なんだか腹が減っちゃったよ」

留吉はまた煎餅をかじった。

「お味噌汁の匂いって……それは長屋のどこか別の部屋で作っているのが漂ってきたんじゃないのかな」

「まだ作るのは早いんじゃないの」

「そうか……」

八つ過ぎに手習が終わり、いったん溝猫長屋に戻ってからすぐにこの森元町にやって来たので、今はまだ昼の七つ前である。晩飯までにはまだ間がある。

「……でも留ちゃんは、戸口を止めていた釘をその手で抜いたんだろう。つまり、それまでは閉め切られていたってことだ。中に誰もいるはずはないよね……」

そうなると、留吉が感じた味噌汁の匂いというのは、やはり……。

「次はおいらの番だね。何か妙な物音がしないか確かめてくるよ。留ちゃんは中まで覗かなかったみたいだけど、おいらはちょっとだけ戸を開けてみようかな」
　忠次が小声でそう言いながら爺さんの方を見た。相変わらず銀太相手に、釣り竿になる竹の良し悪しについて談じている。喋りに熱を帯びていて、こちらをまったく気にしていない。
　話の邪魔をしないように忠次は静かに立ち上がった。そして、表で縁台に座って通
りを眺めている婆さんに「ちょっと小便」と断ってから木戸口の方へ回っていった。
開かずの部屋を覗くだけで実際に厠へ行く必要はないのだが、少し内股《うちまた》になっても
じもじと歩いていたので、どうやら出された茶を飲み過ぎて本当に小便がしたくなっ
たようだ。そんな忠次を見送ってから、新七は再び留吉の方を向いた。
「感じたのはお味噌汁の匂いだけかい。他にはなかったの。死体とか墓場の臭いみた
いな」
「お味噌汁の匂いが強すぎてよく分からなかったけど、魚を焼いたような匂いもあっ
たかもしれない。多分だけど、お味噌汁の前に作ったんだろうね」
「ううん……」
　さてこれはどう考えるべきだろうか、と首を捻《ひね》りながら、新七も置かれている煎餅
へと手を伸ばした。それから、一応は爺さんの話も聞く振りをしないとまずいかと思

って、そちらへと顔を向ける。

「うちの父ちゃんが作っているのは銀杏《いちょう》とか桂《かつら》の安物がほとんどだけど、たまに榧《かや》での仕事が入る時があるんだよ。銀杏や桂も悪くないけど、やっぱり榧が一番良いね。駒を置いた時の音が違う」

いつの間にか爺さんの向こうを張って、銀太が将棋盤の材になる木の良し悪しを語っていた。あまり父親の仕事を手伝うということはなさそうだが、それでも居職《いじょく》の父親の様子をいつも見ているせいか、さすがに詳しい。門前の小僧習わぬ経を読む、というやつだろうか。

「駒だと黄楊《つげ》が多いかな。将棋の盤や駒は黄色っぽい木肌のものが使われるんだ。中でも榧はこの黄色みが強くて見た目も綺麗《きれい》だし、それに木目もまっすぐで細かいしね。そういう意味でも一番だよ。四方柾《しほうまさ》っていう四つの面に柾目が出る木取りの仕方をした物が一番良いとされているんだけど……」

銀太の言葉は続く。爺さんの方はにこにこしながら銀太の話を聞いていた。機嫌が良さそうだ。自分たちがこそこそと動いていることをまったく気にしていないようだった。

ふうっ、と一息ついてから、新七は煎餅をかじった。そうしながら開かずの部屋のことへと考えを戻そうとすると、忠次が戻ってくる姿が目に入った。

「随分と早かったね」

忠次が腰を落ち着けるのを待ってから声をかける。すると忠次は困った顔をした。

「ついでに本当に小便をしようと思っていたんだけど、厠があるのは一番奥で、例の部屋は行く途中にあるだろ。だから、先に部屋の様子を窺《うかが》っちゃったんだよね。しくじったよ。お蔭で小便するのを忘れて戻ってきちゃった」

「それは、小便を忘れるほど怖い何かを見たってことかい」

新七が訊ねると、忠次は、ううん、と唸《うな》って首を傾げた。それから気持ちを落ち着けるためか、湯呑みを手に取った。しかしそれに口をつけようとしたところで小便をし忘れたことを思い出したらしく、茶を飲まずにまた湯呑みを床に置いた。

「……開かずの部屋の前で立ち止まって、まず鼻を動かしてみたんだ。留ちゃんがお味噌汁の匂いのことを言っていたからさ。でも、おいらにはまったく感じなかった。それで今度は耳を澄ましたんだよ。そうしたら、中から足音とか衣擦《きぬず》れの音とか、とにかく人が動いている音が聞こえてきたんだ。かなりはっきりとした気配だった。正直なところ、ごく当たり前に人が住んでいる部屋だとしか思えなかったよ」

例の部屋は木戸口を入って一番手前という、分かりやすい場所にある。だから忠次が部屋を間違えたということはない。

どうやら本物の幽霊がいるらしいな、と考えながら新七は留吉の方へ顔を向けた。

「念のために訊くけど、留ちゃんは、物音は聞かなかったのかい」

「音とか声はしなかったよ。おいらが感じたのは美味《うま》そうなお味噌汁の匂いだけだ」

「そっか」

留吉は匂いだけ嗅ぎ、忠次は音だけ聞いた。これはもう、その部屋にはこの世の者ではない何かがいると断じてしまっていいだろう。

新七は、自分からここへ乗り込んできていながら顔をしかめた。その表情のまま忠次の方へと顔を戻す。

「それで、忠ちゃんはその後、中を覗いてみたのかい。戸を開けてみようとか言ってたけど」

「うん。ちゃんと生きている人が住んでいる部屋みたいだったから嫌だったけど、そう言っちゃった手前、覗かないと格好が悪いと思ってね。見つかったら素直に謝ればいいだけだと考えて、思い切って戸を開けてみたんだよ……と言っても、これくらいだけど」

忠次は親指と人差し指を使って開けた隙間の幅を示した。わずか一寸ほどだった。

「そこに顔を近づけて中を覗いたんだ。そうしたらさ、簞笥《たんす》や火鉢が見えて、部屋の隅に衝立《ついたて》もあって、その向こうに布団が畳まれてた。土間には水瓶《みずがめ》とか桶《おけ》とかが置かれて、他にもまな板とか包丁とか箱膳とか……とにかく、とても空き店とは思えないくらい物があるんだ。それで、やっぱりここは人が暮らしているんだ、と思ったんだけど、肝心《かんじん》の住んでいる人の姿は見えないんだよ。でも、人が動いているような気配はまだ続いていていて……」

忠次はそこで、ぶるぶるっと小さく震えた。それからまた言葉を続けた。

「……おいらには聞こえるだけで見えないんだ、でも間違いなく何者かが部屋の中にいて動いているんだって思ったら怖くなっちゃって、それで小便をするのを忘れて、そのまま戻ってきちゃったんだよ。ああ、念のために言っておくけど、今おいらが震えたのはその時の怖さを思い出したからで、漏《も》らしたわけじゃないからね」

「それはわざわざ断らなくても分かるけど……参ったな。ここまで来て怖くなっちゃったよ」

前もって探し集めた幽霊が出そうな場所の中で、一番たいしたことがなさそうだったからこの長屋を選んだのだが、どうやら失敗だったようだ。部屋を覗くというのが怖い。別の場所にしておけば良かった。

「そうかと言って、何もせずに帰ってしまっても駄目だろうしなぁ……」

以前、留吉が夢の中で無理やり幽霊を見せられたことがあったから、恐らくこのまま帰ったとしても、それと同じようなことが起こるに違いない。すでに「嗅ぐ」と「聞く」の二つは起きてしまっている。これに「見る」を加えた三つで一そろいなのだ。自分だけ途中で逃げることはできない。

「行くしかないのか……はぁ」

さすがに一人で見るのは怖いので、考えていた作戦では新七は銀太と一緒に行くことになっている。新七は溜息を吐きながら、爺さんの話し相手をしている銀太へと目を向けた。

「……四方柾はいつも屋根の上にいて、おいらたちを見下ろしていやがるんだよ」

将棋盤の木取りのことから、話は溝猫長屋の猫の四方柾へと移っていた。

「親分猫だから一番高いところにいて他の猫を見ているんだろうけど、ついでにおいらたちのことも見張っているような気がするんだ」

「うむ、多分そうしているんだろうよ……猫と言えば、儂も昔、白茶の雌《めす》を飼っていたことがあってな。この猫もよく近所の家の屋根の上にいたものだ。家の中では甘えん坊で、足下にすり寄って離れようとしないのだが、なぜか外にいる時はそんなことはなくてな」

「ああ、うちにいる猫たちも、長屋の外で会うとよそよそしいかも。そもそも男の子が相手だと不愛想《ぶあいそ》な連中だから、変わらないって言えばそうなんだけど。だけど、ただ一匹だけ男の子にも愛想のいい、手斧《ちょうな》っていう猫も外だと寄ってこないし……」

「四方柾とか手斧とか、随分と変わった名前の猫ばかりだな」

「うちの父ちゃんが付けたから四方柾で、手斧は大工さんが付けたやつだ。仕事の道具とか、かかわりのあるもので付けられているんだよ」

「ほほう。他にはどんなのがいるんだね」

「うちの父ちゃんはもう一匹、玉《ぎょく》というのも付けてる。それから、新ちゃんのところが付けたのが弓張《ゆみはり》。提灯屋さんだからね。お爺さんが飼っていたのと同じように、白茶の猫だよ。油屋の留ちゃんのうちで付けたのは菜種《なたね》。他に、菓子屋さんが付けたのが羊羹《ようかん》と金鍔《きんつば》で……」

爺さんはにこにこと頷きながら銀太の話に耳を傾けている。しかも途中で、「菜種はどんな毛色なのかね」などと細かく訊き出そうとまでしている。

これはまずい、と新七は思った。以前、自分でも猫を飼っていたらしいし、この爺さんは間違いなく猫好きだ。話に口を挟む隙がない。

どうせ幽霊を見るなら日が高いうちに済ませておきたいのに、銀太を連れ出すことができない。このままでは一人で見にいくことに……。

「……新ちゃん、おいらが一緒に行くよ」

新七が困っているのを見兼ねたのか、忠次がそっと耳打ちしてきた。

「表に座っているお婆さんには変な顔をされるかもしれないけどさ」

「忠ちゃん……恩に着るよ」

一人で行く羽目に陥ることは免れた。新七はほっと安堵《あんど》の息を吐く。

それでは、まずは茶を啜《すす》って心を落ち着かせてから……などと考えていると、忠次がすっと立ち上がった。そのまま脇目も振らずに土間に下り、足早に店を出ていく。やはり少し内股になっていた。

――忠ちゃん……小便が我慢できなかったんだな。

何にしても仲間がいるのは心強い。が、のんびりするわけにはいかなくなった。新七はちらりと留吉の顔を見て軽く頷き、それからゆっくりと立ち上がった。

三

新七は開かずの部屋の前に立った。

戸口の腰高障子が少しだけ動かされ、一寸ほどの隙間がある。どうやら忠次が覗いた時のままになっているようだ。

その忠次は、まだ厠から戻ってこない。随分と長い小便だな、そんなに溜《た》め込むまで我慢していたのかと、新七は呆《あき》れながら長屋の路地の奥の方へと目を移した。

どの部屋も戸が閉められ、ひっそりとしている。昼間は外へ仕事に出ている住人が多いのだろうが、それにしても寂しい。溝猫長屋と違って子供の姿も見えない。

――まあ、見つからずに済むから人がいない方が都合はいいんだけど……。

その分、怖さは増す。世の中うまくいかないものだと首を振りながら、新七は開かずの部屋の戸口へと目を戻した。

その途端、新七は、ひゅっ、と音を立てて息を吸い込んだ。隙間が大きくなっていた。さっきまでは一寸くらいしか開いてなかったのに、今は五、六寸ほどに広がっている。

ちょうど顔と同じくらいの幅だった。新七は何となく、顔を差し込んでしっかりと中を覗けと言われているような気がした。

幅が広がったので、立っている場所から部屋の壁際の辺りが見える。忠次が言っていたように箪笥があり、その上に小さな行李《こうり》が置かれているのが目に入った。

——忠ちゃん、早く戻ってきてくれよ。

また目を離した隙に戸口が動いていたら嫌なので、新七はじっと隙間を見つめながら、厠のある路地の奥の方へと体を移した。怖いから離れようとして動いたのだが、そのために部屋の中がよりいっそうよく見えるようになってしまった。

奥の方に衝立がある。畳んである布団を隠しているようだ。それから、部屋の真ん中辺りに小さな火鉢が置かれている。秋が深まってきて朝晩が冷えるようになったので、新七の家でも最近になって火鉢を出した。それと同じだ。

どう見ても誰かが暮らしている部屋にしか見えない。だが、そんなはずはなかった。最初に様子を調べにきた留吉が、戸口を止めてあった釘を抜いているのだ。ここは間違いなく開かずの部屋なのである。

「新ちゃん」

「うわぁ」

いきなり声をかけられて、新七は跳び上がった。顔を強張《こわば》らせながら慌《あわ》てて目を向けると、忠次が申し訳なさそうな顔で立っていた。

「何だよ、驚かさないでくれよ」

「ごめん、まさかそんなにびっくりするなんて……。もう覗いた後なのかと思ったんだけど。おいらが開けたのより隙間が大きくなっているからさ」

忠次は開かずの部屋の戸口を見ながら言った。

「それで、覗いても誰もいなかったんじゃないかと思ってね。ああ、おいらや留ちゃんが感じたのは勘違いだった、ここにお化けはいなかったんだな、と考えながら声をかけたんだよ」

「そうじゃない。ここからでも目に入る所はともかく、まだ中をちゃんとは見ていないんだ。それに、俺は戸に触ってもいない。ちょっと目を離した隙に、勝手に開いたんだよ」

「へえ……」

戸口に目を留めたままで忠次は耳の後ろに手をやった。物音を聞こうとしているのだ。

「……さっきは中で人が動いているような気配があったんだけど、今は何も感じないな。足音とか、衣擦れの音みたいなのは聞こえてこない。すごく静かだ」

忠次はしばらく音を探っていたが、やがてつかつかと戸口に歩み寄った。開いている隙間に顔を入れるようにして中を覗き込む。

「おいおい、忠ちゃん……」

「お化けがいるとしてもおいらには見えないから」

今回は聞く順番に当たっているから平気だと考えてのことだろうが、それにしても大胆だ。

四人の子供たちの中では、忠次は割と怖がりの方で、幽霊に出遭い始めた春頃などは、空き家などに忍び込む際に一番びくびくとしている様子が見て取れた。それが今はこうである。まったく慣れというのは恐ろしい。

今や自分が一番の怖がりになっているのではないかと新七は思った。今回のように、わざわざ幽霊の出そうな場所を探して自らやって来たのも、その表れの一つだ。いつ出るのか分からないものを今か今かと待っているのが怖いのである。

思えば小さい頃からそうだった。かくれんぼの時に鬼が近づいてくると、わざと大きな声を上げて飛び出し、鬼の方を驚かすというのをよくやった。実はそれも、鬼のそばで息を潜めて隠れていることに耐えられないからだった。

――色々と考えちゃうのが駄目なんだよな。

今の忠次のように、あるいはいつもの銀太のように、あまり深く考えずに思い切って動いた方がいいのではないだろうか。

「……うん、やっぱり誰もいない。さっき見た時と同じだ。少なくとも生きている人は中にいないってことだね」

忠次は新七の方を振り返って小首を傾げた。さてこれからどうするの、と訊ねているかのようだった。

「忠ちゃん……戸を一気に開け放ってくれないか」

「おいらは構わないけど……新ちゃん、本当にいいの？」

「うむ。やってくれ。後のことは後で考える」

「へえ」

忠次は妙なものでも眺めるかのように新七の顔を見つめていたが、少しすると頷いて戸口の方へ向き直った。そして腰高障子の端の枠に手をかけ、無造作に大きく開いた。

戸の裏側、忠次のすぐ目と鼻の先に、女が立っていた。

「うわあぁぁぁ」

新七は大声を上げて叫んだ。その声に驚いた忠次が跳び上がった。

「ちょっとどうしたの、新ちゃん」

忠次には女が見えていない。顔がくっつくほど近くにいるのに、まったく気にせずに辺りをきょろきょろしている。

だが、新七にははっきりと見えている。女は三十くらいの年で、なかなかの美人だった。ただ、妙にやつれた顔をしていた。長く病に臥《ふ》せっている、という様子だ。いや、臥せっていた、と言うべきか。今はもう生きてはいないのだから。

その女と、新七の目が合った。それまではどこか虚ろだった女の目に力が宿った。女は微笑《ほほえ》んだ。それから片手をわずかに前に上げながら、新七に向かって口を動かした。

「うわぁぁぁぁ」

今度は忠次が叫び声を上げた。新七に女の言葉は聞こえなかったが、忠次の耳には入ってきたのだろう。すぐそばでいきなり声がしたのだ。びっくりするのも無理はない。

突っ立ったままだった女の足が動いた。新七の方に歩み寄ってくる気配を見せる。

再び叫び声を上げ、新七は脱兎《だっと》のごとく逃げ出した。すぐ後ろから忠次が追いかけてくる。

そして二人は、そのまま溝猫長屋まで走り続けた。

四

「……二人とも酷《ひど》いよ。おいらたちを置いたままで帰っちゃうなんてさ」

銀太が口を尖らせて文句を言った。その隣では留吉が、むすっとした顔で新七と忠次を睨《にら》んでいる。両名とも間違いなく怒っている様子だ。

「あそこへは、そもそもお化けを見に行ったんだよ。出るのはほぼ間違いないと分かっていたはずだ。それなのに、実際に出たら大騒ぎして逃げちゃうなんてさ」

「……ごめん」

今回の件はまったく自分が悪いと思い、新七は素直に謝った。横に立っている忠次も一緒になって頭を下げる。

四人が今いるのは溝猫長屋の一番奥の、お多恵ちゃんの祠《ほこら》のそばである。薄暗くなってきたので年少の子供たちはそれぞれの家に帰り、周りにいるのは十数匹の猫と一匹の犬だけだ。猫たちは素知らぬ顔でめいめい好き勝手なことをしているが、犬の野良太郎は「銀太に向かって新七と忠次が頭を下げている」というあまり見ない光景に、明らかにおろおろしていた。この犬はいつもと様子が違う場面に出くわすとすぐにこうなる。

「……新ちゃんは、探してきた中から一番怖くなさそうな場所を自分で選んだんでしょ。出てきたお化けの様子を聞くと、決して間違いじゃなかったと思うよ。頭が割れて血が流れているとか、半分腐っているとか、そういうのじゃなかったんだから。ところが逃げ出しちゃった。甘いよ。おいらなんてこれまで、もっと酷いのにたった一人で遭ってきたんだ」

「……いや、そうでもなかったんだよ、銀ちゃん。崩れかけているようなやつも嫌だけど、顔の整った綺麗な女の人の幽霊がじっと立っているだけってのも震え上がる怖さなんだよ。しかも今回は、何か言いながら俺の方へ寄ってこようともしていたし」

「あれはね、『おかえり』って言ったんだよ」

横から忠次が口を挟んだ。その言葉を聞いて、新七はまた怖さが込み上げてきた。まったく見ず知らずの女の幽霊からそんなことを言われたなんて気味が悪すぎる。

「ふうん、『おかえり』か。やっぱりね」

銀太と留吉が顔を見合わせた。さっきまでの怒りの表情は消え失せ、何やら納得がいったという風に頷き合っている。

「どうしたんだい、銀ちゃんも留ちゃんも。何か知っているなら教えてくれよ」

「新ちゃんたちが大声で叫びながら逃げていっただろう。店の前にいたお婆さんはもちろんだけど、中でおいらと話していたお爺さんもそれに気づいたんだよね。それで、いったい何があったんだとすぐに裏の長屋へ行ったんだよ」

「ああ……」

開かずの部屋の戸を思い切り開け放ったままで帰ってきてしまったから、勝手に中を覗いたことがお爺さんとお婆さんにばれてしまったわけだ。

「そうか……二人とも俺のことを怒っていただろうね」

当然そうに違いないと、新七は嘆くように項垂《うなだ》れる。ところが、銀太と留吉はすぐに「そうじゃないよ」と首を振った。

「むしろ怒ってくれた方が良かったよ。でも、お爺さんもお婆さんもまったく怒らなかった。何ていうか……二人とも、ものすごく悲しそうな顔をしてたよ」

「うん？」

「さすがにそうなったら正直に言わないといけないと思ったから、おいらと留ちゃんで洗いざらい打ち明けたんだよね。そうしたら、お爺さんの方もあの部屋のことについて話してくれたんだ。実はさ……お爺さんとお婆さんには娘さんがいて、あそこで旦那さんと一緒に住んでいたそうなんだよ。それから、二人の間には五つくらいの男の子が一人いた。その三人で、あの部屋で仲良く暮らしていたんだけど……ある時、その男の子が行方《ゆくえ》知れずになったんだって」

「へえ……」

「娘さんが物干し場で洗濯物を干しているちょっとした隙に、すぐ後ろで遊んでいると思っていた男の子の姿が消えていたらしいよ。もちろん近所中が大騒ぎになって、総出で探し回ったんだけど見つからなくて、かどわかしに遭ったんだろうということになったそうなんだ。その後、良かったはずの夫婦の仲がうまくいかなくなって旦那さんが出ていき、娘さんはいなくなった子供が帰ってくるのを待つためにあの部屋に残った。でも、そういうことが立て続けに起きて心が弱ったのか、病の床に臥してしまい……亡くなっちゃったんだってさ」

「……それ、いつ頃のこと？」

「六、七年前と言ってたかな」

「そっか……」

新七は小さく頷いた。銀太の話であの女の幽霊の正体が分かった。亡くなったお爺さんの娘さんだ。六、七年前で五歳なら、行方知れずになった男の子はちょうど自分たちと同じくらいの年回りである。だからあの女の幽霊は、自分を見て「おかえり」と言ったのだ。自分の子供が帰ってきたのだと思って……。

「……その頃お爺さんはまだ釣り竿作りの職人をしていたんだけど、娘さんが亡くなったすぐ後に仕事を辞めてあの長屋に引っ越したんだって。どうして娘さんが住んでいた部屋じゃなくて表店にしたかと言うと、たとえ祖父母でも別の人が住んじゃったら雰囲気が変わって、男の子が帰って来た時に困ると考えたからなんだってさ。自分たちがいる時ならいいけど、留守中に部屋を覗いて、他人が住んでいると思ってまたどこかへ行ってしまった、なんてことになったら大変だから。それで、あの部屋は娘さんや男の子が住んでいた時のままにしてあるんだ」

「でも、それだと釘で戸を止めてあったのは妙じゃないか」

「開かずの部屋の噂を聞いて覗きに来る、おいらたちみたいな輩がいるからだってさ。たいていはもっと年上の、十七、八くらいの人らしいけど。度胸試しで来るんだろうね。一時期はそれで長屋に住んでいる人に迷惑をかけたらしいんだ。昼間はお爺さんなりお婆さんなりがずっと店の前に陣取っているから、男の子が帰ってきた時に分かる。それで、釘で止めて開かなくしたんだって。でも夜とか、どうしても用事があって留守にしなけりゃいけない時は、長屋の人に断わって開けているらしいよ」

「ふうん……」

父親に連れられて新七が老夫婦の店に行った際に老夫婦がとても喜ぶのは、行方知れずになった孫と自分の姿を重ねていたからだろう。

「なんか……すごく悪いことをした気がするな」

「そうなんだよ。さっきも言ったようにお爺さんたちはまったく怒っていなくて、悲しい顔をしていただけだった。それがなおさら申しわけなくてさ。おいらと留ちゃんで泣きながら謝ってきたんだ」

「本当にごめん」

新七はまた頭を下げた。自分もすぐに謝りに行かなくては、と思った。いや、それだけでは足りない。目明《めあか》しの弥之助親分のところにも行って、行方知れずになった男の子を探してくれるようお願いしなくては。

辺りにはもう夕闇が迫っている。子供の自分が今から動くのは無理だから、すべては明日の朝だ。お多恵ちゃんの祠にお参りしたら、その足で森元町の老夫婦の家に行こう。男の子が帰ってくるのを見張るために、店を早く開けているはずだ。弥之助親分は辻斬《つじぎ》りが出ているとかで夜は歩き回っていて、朝は遅くまで寝ているかもしれないが、構わずに叩き起こそう。事情を話せばあの人なら分かってくれるはずだ。

その他に自分がすることは……と新七は頭を巡らせた。まだ何か忘れていることがあるようで、心がもやもやする。このままじゃ家に帰れない。その前にしておくべきことが残っている気がする。

「……なんか、物足りないんだよね」

留吉がぼそりと呟《つぶや》いた。どうやら新七と似たようなことを思っていたようだ。

「日が暮れたから今日のところはお開きで、後のことは明日にしよう、と言いたいんだけど、なんかまだしなくちゃならないことがある気がするんだよ」

「ああ、おいらも」銀太も頷いた。「いったい何だろうな」

「……もしかしてだけどさ」最後に忠次が、首を傾げながら言った。「それって、大家さんに叱られることじゃないかな」

「ああ、それだっ」

新七、留吉、そして銀太が一斉に声を上げた。これまで幽霊に出遭って騒ぎを起こした後は、必ず大家の吉兵衛から説教を受けていた。今回はそれがないのだ。

森元町のお爺さんから吉兵衛に話が漏れ伝わるということはないだろう。弥之助親分も、黙っていてくれと頼めば喋らないはずだ。だから今回は珍しく吉兵衛からの説教を受けずに済む。しかし……。

「俺、今から大家さんの家に行って、今日のことを正直に話して叱られてくるよ」

新七は三人の顔を見回しながら告げた。

「俺のせいでみんなに迷惑をかけちゃったし、お爺さん、お婆さんにも悲しい思いをさせてしまった。自らを戒《いまし》めるために説教を受けてくる」

「それならおいらも行くよ」忠次が頷きながら言った。「銀ちゃんと留ちゃんを残して、新ちゃんと一緒に逃げちゃったからね。男として格好が悪い。おいらも叱られなくちゃ」

「だったらおいらも」留吉も頷いた。「戸口を止めていた釘を抜いたのはおいらだからね。悪いことをした仲間の一人には違いない。二人が叱られに行くのに、おいらは帰るなんてことはできないよ」

「もちろんおいらも行くさ」最後に銀太が、なぜか胸を張って言った。「こんなことでも仲間外れにされるのは御免《ごめん》だからね。それに、やっぱり大家さんの説教を聞かなくちゃ締まらないって言うか、気分がすっきりしないよ」

「そうか……それじゃ、みんなで大家さんの家に行こう」

新七が歩き出し、他の三人が後に続いた。これから叱られに行くというのに、なぜかその足取りは軽かった。

それを見て、どうやら子供たちはいつもの様子に戻ったようだと思ったらしい野良太郎が、この後とばっちりを受けるとは露《つゆ》知らず、嬉《うれ》しそうに四人の後ろをついて行った。

汁粉屋の幽霊

一

「今まではずっと、先に他の二人が臭いを嗅《か》いだり物音を聞いたりして、お化けを見る人は最後になっていた。ところが留ちゃんが川で溺《おぼ》れた時は、臭いや音を感じるよりも先に見ちゃったよね。これまでとは違う順番でお化けを感じさせたんだ。さすがはお多恵ちゃん、芸が細かいと感心したよ。だけど次に新ちゃんがお化けを見る番になった、この前の開かずの部屋の時は元に戻っていた。それによくよく考えると、三人に『見る』『聞く』『嗅ぐ』が回ってくる順番は春や夏の時とまったく同じなんだ。ということは、どうせ次はおいらにその三つが一気にやって来るってことに決まってるんだよ。まったく面白くない。やっぱりつまらないよ、お多恵ちゃんはさ。駄目だね、うん、駄目だ。頭の出来がおいらとどっこいだ」

「おいおい銀ちゃん、気持ちは分かるけど……それはいくらなんでも言い過ぎだって」

手習が終わった後の、昼の八つ半頃の溝猫《どぶねこ》長屋である。物干し場などがあって少し広くなっている長屋の一番奥で、子供たちがたくさん集まって遊んでいた。女の子たちはお多恵ちゃんの祠《ほこら》のそばで可愛《かわい》らしくままごとをし、年少の男の子たちは真ん中の辺りで竹とんぼ作りに夢中になっている。

そして長屋に住む子供たちの中で一番年上に当たる銀太と忠次、新七、留吉の四人の男の子は、隅の方にかたまってお多恵ちゃんへの愚痴《ぐち》を言っていた。良く晴れたすがすがしい秋の空が頭の上に広がっており、日差しが燦々《さんさん》と子供たちに降り注いでいるが、なぜかその四人の周りだけ翳《かげ》っているかのようにどんよりして見える。

「言い過ぎたところで困ることはないよ。それとも何かい、文句を言わずにお多恵ちゃんを褒《ほ》めてやれば、おいらがお化けに遭うことはなくなるって言うのかい」

「いや、それはないだろうけど……」

「そうだろう。もうね、面白くないことにすべて決まりきっているんだよ。きっとじきにお紺《こん》ちゃんがやって来て、おいらたちを連れ出そうとするんだぜ」

お紺というのは隣町にある質屋、菊田屋《きくたや》の一人娘のことだ。年は銀太たちより四つ上の十六。今はまだ幼さを残した可愛いだけの女の子だが、もう二、三年も経てば道ですれ違う人がみんな目を見張って振り返るようなとてつもない美人になるに違いないという、菊田屋自慢の箱入り娘である……と、自分で言っている娘である。悲しいことに他の者から聞いたことはない。

いや、可愛い顔立ちをしているのは事実だ。いずれ美人に育つというのも十分に考えられる話である。しかし、箱入り娘というのはまるっきり嘘だった。箱に入れようとしても勝手に出ていってしまう娘なのだ。

春と夏にそれぞれ一度ずつ、四人の子供たちは立て続けに幽霊に遭う羽目に陥ったが、その二度とも銀太は、お紺に連れ出された先で酷《ひど》い目に遭っていた。

「……今回も同じに違いないよ。お紺ちゃんがどこかから幽霊話を仕入れてきて、その場所に行ってみましょう、とか言うんだ。今日あたり現れるんじゃないかな」

「ははは、まさかそんなこと……」

忠次と新七、留吉の三人は銀太の話に笑い声を上げながら、一斉《いっせい》に長屋の木戸口へと続く路地の方へ目を向けた。

忍び足でこっそりと四人の背後へ近づこうとしていたお紺が、片足を上げたままの妙な姿勢で動きを止めていた。

「……あんたたち、よくあたしの気配に気づいたわね」

「お紺ちゃん……もう十六なんだからさ」

「こういう悪戯《いたずら》心と言うか、童心を残している女の人の方が、周りの男の人から評判が良かったりするものなのよ」

「へえ……」

何となく分かるような気もするが、はたしてそれを口に出して言ってしまっていいものなのだろうか。四人が首を傾げていると、お紺は再び足を動かし始め、すたすたと近づいてきた。

「なんか、あんたたちの周りだけ薄暗いわよ。陰気な顔をしているからそう見えるのね。周りにいる女の子や、年下の男の子たちは楽しそうで、明るく輝いて見えるのに」

お紺は他の子供たちを見回した。

「……あら、今日は大人も一人いるのね」

年下の男の子たちはひと塊《かたまり》に集まって竹とんぼを作るのに夢中になっているが、その輪の真ん中に四十くらいの男がいて、刃物を使う子供たちに目を配っていた。

「ああ、鉄《てつ》さんだね。うちの長屋に住んでいる人だけど、仕事先の店でお客と喧嘩《けんか》して、辞めちゃったんだよ。今はのんびりと次の働き口を探しているところなんだ。お蔭《かげ》で子供たちも竹とんぼ作りができるんだけどさ」

溝猫長屋の大家の吉兵衛は、「子供だけで川に遊びに行ってはいけない」とか「木に登ってはいけない」などといつも口を酸っぱくして言っているが、それはあくまでも大怪我《けが》をしたり、場合によっては命を落としたりしかねない危ない遊びに限られている。実は一方で、「男の子はちょっとくらい怪我をした方が強く育つ」という考えの持ち主でもあるのだ。

そのため、刃物を使って木や竹を削り、物を作るような遊びは禁じていない。ただし万が一のことを考えて、刃物を使う時は大人を近くに呼ぶようにさせている。たいていはそう決めた吉兵衛自身が引っ張り出されるのだが、今はこの鉄が長屋で暇を持て余しているので、子供たちの相手をさせられているというわけだ。

「鉄さんはね、長屋にいる猫の、しっぽく、花巻《はなまき》、あられの三匹の名付け親なんだ。そこから分かるように、蕎麦屋《そばや》さんで働いている人なんだよ。蕎麦打ちの名人らしいけど、喧嘩っ早くてすぐに勤め先を辞めちゃうから、年に一、二度はこうして長屋で暇そうにしている時期があるんだよね」

それでもいつもはすんなりと仕事先が見つかるので、名人というのは本当なのだろう。しかし困ったことに、今回はなかなか次の店が決まらないらしかった。

「ふうん。腕がいいのなら、ぜひあたしもそのうち鉄さんの打ったお蕎麦を食べてみたいものね……まあ、それはともかくとして、あんたたち、また例のあれが始まったらしいじゃないの。大変ね。妙な祠がある長屋に住んでいるせいで怖い目に遭って、本当にお気の毒な話だわ」

お紺はそう言いつつ、にこにこしながらお多恵ちゃんの祠へと目を向けた。とても気の毒がっているようには見えなかった。

「お紺ちゃん、どうして知ってるの」

「弥之助親分から聞いたのよ。昨日、稽古《けいこ》事からの帰りがちょっと遅くなっちゃったんだけど、ちょうど道で親分さんに会ったから無理やり家まで送ってもらったの。近頃辻斬《つじぎ》りが出ているから忙しいんだよ、なんて言って嫌な顔をしていたけど、だったらなおさら送るべきでしょう。まったく何を考えているのかしら」

弥之助親分の気持ちも分かる、と四人の子供たちはお紺に分からないようにこっそり頷《うなず》き合った。お紺は辻斬りにばったり出会ったとしても怪我ひとつせずに切り抜けそうである。そうして、一緒にいた人が二人分の迷惑を被《こうむ》ってしまう。実際にそうなるかは分からないが、そんな気にさせるのがこのお紺という娘なのだ。

「とにかく、その時にあんたたちのことを聞いたのよ。何でも、もう三度もお化けに出遭っているそうじゃないの。もっと早く知っていればあたしも一緒について行ったのに。本当に残念だわ」

お紺は首を振りながら軽く溜息《ためいき》を吐《つ》いた。今度は言葉通りに、本当に残念がっているようだ。

「これまで通りなら、次で銀太ちゃんが一気に酷い目に遭って終わりね。あまりにもあっけないわ。今回のお化けはたいしたことがないわね」

それはあくまでもお紺から見ての話であり、忠次も新七もしっかりと怖い思いをした。留吉に至っては、溺れて死にそうな目に遭っている。

しかしそんなことをお紺に告げても無駄だろう。何か言い返されて終わるに決まっている。だから三人の男の子たちは、むすっとした顔で睨《にら》みつけるだけに留めた。

「ちょっと、そんな目で見ないでよ。ちゃんと分かってるわよ、嫌な目に遭ったことは。だけどね、まさか次の順番に当たっている銀太ちゃんまで酷い目に遭えばいいだなんて思ってはいないでしょうね。そんなこと考えちゃ駄目よ。自分が辛い目を見た時こそ、人には優しくしてあげるべきだわ。ましてや銀太ちゃんはいつも一人だけ仲間外れにされて、その上で最後にとびっきり怖い目に遭っているの。だからこそ気遣《きづか》ってあげなきゃいけないわ」

「お紺ちゃん……」

まさかこの娘からそんな言葉が出るなんて、と銀太は目を見張りながらお紺を眺めた。他の三人も驚いた表情をしている。

「おいら泣きそうになっちゃったよ。お紺ちゃん、実は優しい人だったんだね」

「あら、銀太ちゃんは今頃気づいたの。随分と遅かったわね。そう、あたしは気遣いのできる優しい人間なのよ……だから今日は、お化けを見に行ってもあまり酷いことにはなりそうにない、手頃な場所を探してきてあげたの。これからそこへ行くわよ」

「は？」

優しい人だなんて褒めてしまったことを銀太は心の底から後悔した。会うのが久しぶりだったのですっかり忘れていた。この娘は周りの人から色々な意味で「鬼のお紺」と呼ばれている人物だった。

「……あのさ、お紺ちゃん。実はこの前、新ちゃんが同じようなことをしたんだよね。前もって怖くないお化けが出そうな場所を探しておいて、そこへ見に行ったんだ。だけど、結局嫌な思いをすることになっちゃったんだよ。だから、おいらたちから下手に動くのはあまり良くないんじゃないかと思うんだ。そういうわけで悪いんだけど、その話は……」

「ふうん、新七ちゃんがね」

お紺は銀太の言葉を最後まで聞かず、途中で遮《さえぎ》って新七へと目を向けた。

「お化けが出そうな場所なんて、そうそうすぐに見つかるもんじゃないわ。前もって探しておいたと言っても、そうし始めたのはお化けに遭うようになってしまった春頃からでしょう。半年ほどじゃ、せいぜい三つか四つ、多くても五つってところでしょうね。そんなに少ないんじゃ駄目よ。そもそもお化けってのは怖くて当たり前のものなんだから。もっとたくさん探しておいて、その中から選ぶようにしないと、怖さが手頃なお化けなんて見つかりっこないわ」

お紺の言葉を聞いた新七はむっとした顔になった。

「その通りかもしれないけど、お紺ちゃんが言ったように幽霊が出る場所なんてなかなか見つからないんだ。それならお紺ちゃんは、幾つくらいの場所を知っているって言うんだよ」

「そうね……三十とか四十とか」

「え……？」

多すぎる。新七は言葉を失って口をつぐんだ。そして他の三人はびっくりして口をあんぐりと開けた。

「世の中にはね、常日頃から怪談を集めている変わり者がいるものなの。そういう人と知り合いになれば、それくらいの数はすぐに集まるわ。新七ちゃんだってその気になれば、そうできたはずなのよ。あんたたち、うちの質屋に出入りしているお客さんの、磯六さんのことをどうして思い出さないのかしら」

「うわっ、出た……」

以前、川へ釣りに行った際に出会った、「子供に怖い話を聞かせるのが好きなおじさん」である。確かにあの人なら、幽霊が出る場所を三、四十ヵ所知っていても不思議はない。

「あたしは磯六さんからたくさんの怪談を聞いているの。はっきりとした場所が分からないものも含めると百は楽に超えているわ。もちろん実際に見に行くわけだから、そういう話は役に立たないけどね。で、場所が分かっている三、四十の話の中から、あたしが吟味《ぎんみ》に吟味を重ねて選んだ、芝の神明町《しんめいちょう》にあるお汁粉屋《しるこや》さんへ行こうってわけ。秋は日が落ちるのが早いから急ぐわよ」

お紺はそう言うとくるりと背を向け、四人の男の子の返事を待たずに行ってしまった。

忠次、新七、留吉の三人は「どうする？」という風に顔を見合わせた。しかし多分今回は恐ろしい目に遭うのを一手に引き受けるであろう銀太が、汁粉屋という言葉に釣られたようにふらふらと歩き出したので、首を振りつつその後ろからついて行った。

二

芝の神明町にある汁粉屋には幽霊が出るという。

いや正しくは、今は汁粉屋になっている場所に幽霊が出るというべきであろう。そこは多くの人が行き交う通りっ端《ぱた》にあり、食い物屋をするにはとても良い場所なのだが、なぜかそこに出した店は持って二年、早いと一年も経たずに潰《つぶ》れてしまっていた。どの店も、幽霊が出るせいでそうなったらしかった。

今の汁粉屋がそこに店を構えてからまだ一年足らずで、その前は飲み屋だった。気さくな店主で客あしらいがうまく、それに出てくる肴《さかな》も美味《うま》かったので、店は始めてからしばらくの間は、それなりに繁盛《はんじょう》していたそうである。

おかしくなったのは半年を過ぎた頃からだった。ある晩のことだ。板場で魚を捌《さば》いていた店主がふと顔を上げると、店の土間を七、八歳くらいの男の子が小走りで横切るのが目に入った。

その店は土間を囲むような形で三方に小上がりの座敷がある造りになっており、その座敷を衝立《ついたて》で幾つかに仕切っていたのだが、男の子はその衝立のうちの一つの陰に隠れて姿が見えなくなった。

そろそろ夜の四つになろうかという、子供が起きて外にいるのはおかしい頃合いのことだった。それに温かい汁物を出している座敷もある。走り回ってぶつかり、体にかかってしまったりしたら大事《おおごと》だ。

店主は急ぎ足で店の土間に出て、男の子が隠れているはずの衝立の前に立った。そして、「こらっ、もう寝なきゃ駄目だろうがっ」と怒鳴りながら、おっかない顔をして衝立の向こうを覗《のぞ》いた。

そこにいたのは常連客になりかけていた、近くにある大店の隠居だった。七、八歳の男の子の姿など、影も形もなかった。

店主は慌てて言い繕おうとしたが、隠居は聞く耳を持たず、顔を真っ赤にしながら店を出ていった。年寄り扱いされたと勘違いしたらしい。それから二度と、その隠居が店を訪れることはなかった。

それだけなら客を一人失ったに過ぎなかったが、運の悪いことにその隠居は近隣にある店の顔役みたいな立場になっていて、そのために大勢の客の足が遠のくことになってしまった。店にはあっという間に閑古鳥《かんこどり》が鳴き始め、それからほどなくして潰れてしまったという。

またこの飲み屋では料理の修業をしている若者を一人使っていたのだが、この男も妙なものに出遭っていた。

若者が見たのは老人だった。気がつくと座敷の隅に座って、にこにこしながら若者の方を見ていたという。そこで、いつの間に入ってきたのだろうと首を傾げながらその場所へ行ってみると、老人はおろか、誰もいなかったということだった。

この飲み屋の前にそこに店を構えていたのは一膳飯屋だった。行商人や近くに仕事場がある職人がふらりと立ち寄るような店で、味はたいしたことがなかったようだが、安かったので多くの客が訪れていた。しかしその店も、やはり二年と持たずに潰れてしまった。

この一膳飯屋は亭主が料理を作り、かみさんがそれを運ぶという夫婦でやっている店だったが、妙なものを見たのはかみさんの方であった。

その時に現れたのは親子連れだった。三十代半ばほどの職人風のなりをした男と、その娘と思える十くらいの女の子だ。昼飯時のことで、店の中は他にも大勢の客がいた。この店では座敷を仕切る衝立は使っていなかったので、客はめいめい好きな場所に座り、出てきた飯を食べていた。親子連れはふらりと店に入ってきて、そのごちゃごちゃの客の中へと紛れ込んだ。

注文を取るためにかみさんはすぐに親子連れが座ったらしき場所へ行った。ところが、幾ら見回してもそんな客の姿は見えなかった。近くにいた客に訊《たず》ねると、そんな者は来なかったと言われたという。

一膳飯屋はその後もしばらくは店を出して、それなりに客を集めていたが、かみさんが頻繁《ひんぱん》にこの親子連れを目にして気味悪がったために、結局は店を閉めてしまったという。

「……という場所にあるのよ、このお汁粉屋さんは」

どうだ参ったか、と言わんばかりの顔付きでお紺はその店の前で腕を広げた。

陽気が良くて風もないので店の戸口は開け放たれている。その中では一人の客が汁粉を食べていたが、声が聞こえたのか顔を上げ、不審げな目付きでお紺とその周りにいる男の子たちの方を見た。道行く人たちも五人の方をじろじろと見つめている。少し恥ずかしかった。

「ちょっとお紺ちゃん、もう少し小さい声で喋《しゃべ》ってくれないかな」

銀太が慌《あわ》てたように言い、他の三人の男の子たちが頷いた。

「あらごめんなさい。わざとじゃないんだけどね。良く通る綺麗《きれい》な声をしてるねって周りの人からよく言われるんだけど、そのせいかしら」

「ええ？」

明らかに嘘である。他の者と話している時は声音《こわね》を作っているので綺麗な声だと言えなくもないが、銀太たちを相手にしている時のお紺の声は低いのだ。今の声も地声に近かった。

「……とにかく、そんなわけでこの建物は、小上がりの座敷があるからそのままの造りで食べ物屋さんが入ることが多いんだけど、どのお店も一、二年で潰れているのよ」

さすがに店の人に聞こえたらまずいと思ったのか、お紺は声を小さくして喋り始めた。

「さっき話した一膳飯屋の前は鰻屋《うなぎや》さんがあったそうなんだけど、やっぱり働いていた人が妙な人影に出遭ったらしいわ。その時は若い夫婦者って聞いたわね。それから、そこの店主がお爺《じい》さんとそのお孫さんらしき女の子を見たって。いずれの場合も、改めて確かめに行くと誰もいないんだけどね。鰻屋さんの前にあったのはお団子屋さん。注文を受けたりお団子を運んだりしていた女の人が、自分と同じ年格好の女の人をよく見たそうよ」

「ふうん、つまり、お化けがいっぱいいるわけか」

銀太は開いている戸口から店の中を覗き見た。一人だけいる客は、今は汁粉を食うことに夢中になっている。その他に、例えばやけに影が薄いとか、額が割れて血が流れているとか、あるいは半分腐って腕がもげているとか、そういった変わった風貌《ふうぼう》の客が見える、というようなことはなかった。

次に鼻を動かしたが、汁粉の甘い匂いが漂ってくるだけだった。お蔭で腹がぐうと鳴った。それから妙な物音や声が聞こえやしないかと耳も澄《す》ましてみたが、人の行き交う通り端にあるので無駄なことだった。ざわざわとした声が他所《よそ》から耳に入ってくるばかりだ。

今はまだ怪《あや》しいところはない。だがお紺の言う通りの店だとしたら、いずれは……。

「それでは、お店の中に入ってみましょうか」

「ちょ、ちょっと待ってよ、お紺ちゃん。おいら、まだ心構えができていなくて」

「ここまで来て入らないなんて、そんな間抜けなことはないわ。それに銀太ちゃんだってお腹が空いているんでしょう。あたしがお代を払うのだからありがたくお汁粉を頂きなさい」

お紺が支払いをするのは当たり前だ。そもそも銀太も、他の男の子も銭など持っていない。

「いや、もちろんお汁粉は食いたいよ。だけどさ、今回はおいらがお化けに遭う番じゃないか。これまでのことを考えると、お化けが出た上でさらに悪いことが起こるような気がするんだよね。例えば……近頃、辻斬りが出て親分さんとかが騒いでいるじゃないか。その辻斬りが乗り込んできて、おいらたちを人質に取ってこのお店に立てこもるとか」

「ふん、馬鹿なこと言わないでよ。このお店に辻斬りが現れるわけがないわ」

「どうしてそう言い切れるのさ」

「だって辻に出るから辻斬りって言うんでしょう。お汁粉屋さんに出たら、それは辻斬りじゃなくて汁粉屋斬りじゃない」

「はあ?」

恐ろしいほどの屁理屈《へりくつ》である。言っていることが滅茶苦茶《めちゃくちゃ》すぎて言葉の返しようがない。銀太は仕方なく押し黙った。お紺はそれを納得したからだと受け取ったようで、にこりと微笑《ほほえ》んでから店の中へ入っていった。

忠次、新七、留吉とその後に続く。お化けは銀太が一手に引き受けてくれると思っているからか、どの背中も気楽そうだった。そして最後に銀太が、はあぁ、と大きく息を吐き出してから汁粉屋の中に入っていった。

三

汁粉は間違いなく美味かったが、しかし銀太にはそれを味わうだけの余裕がなかった。

中に入っている餅《もち》にかじりつきながらも、目は常に周りへと配っている。来た時にいた客は銀太たちと入れ替わるようにして出ていき、今は他に汁粉を食っている者はいない。店の者も汁粉と引き換えにお代を取っていったので、もう用はないという感じで奥に引っ込んでしまった。だからここにいるのは、銀太たち四人の男の子とお紺の、お馴染《なじ》みの五人だけである。表の道を通り過ぎる人を除けば、他に誰の姿も目に入らない。

だが、忠次だと思っていたら実は見知らぬ婆《ばあ》さんだった、なんてことも起こり得る。ここはそういう場所なのだ。銀太はそう思い、店の出入り口や少し広くなっている土間だけではなく、近くに座っている仲間たちへも目を向けた。

——なんか、やたらと中に入っているものを気にしているな。

まず忠次を見た時に、銀太はそう思った。餅をひっくり返したり、汁粉の底を浚《さら》ってみたりという動きを繰り返しながら食べている。これまで何度も一緒に飯を食べたことがあったが、そういう動きを見せたことは一度もなかった。何となく、薄気味悪い気がする。

——それから留ちゃんは、たまに横を向いて首を傾げてるし。

留吉が顔を向けるのは店の土間の方だが、むろんそこには誰もいない。しかしまるで誰か通ったかのような動きをする。これも気味が悪かった。

——だけど、新ちゃんは特に何もないから、気にすることはないよな。

他に客がいないこともあって他の三人の男の子はだらしなく足を崩して座っているが、新七だけは行儀よく背筋を伸ばして座り、静かに汁粉を食べている。さすがだ。

人間としての出来が自分たちとは違う。

——お紺ちゃんは、と。

銀太は最後にお紺へと目を向けた。

睨みつけるようにしてこちらを見つめているお紺と目が合う。思わず銀太は、びくりと身を震わせてしまった。

「ちょっとお紺ちゃん。なんでそんなおっかない顔をしているのさ」

「お化けが出た時に銀太ちゃんがどんな顔をするかと楽しみにしながらずっと見てたのに、何もなさそうだから少しいらいらしてきたところよ。お店の人も、あまり愛想が良くないし」

今も奥に引っ込んだままだが、それは五人が店に入った時もそうだった。わざわざこちらから声をかけて呼び出したのだ。

「磯六さんによると、どうやらこのお汁粉屋さんも長くはなさそうだって話だったわ。何でも、別の場所に店を移そうとしているらしいのよ。どんなお化けだかは分からないけど、このお店の人も何か見たんでしょうね」

「ふうん、それで奥にずっといるのか。妙なものを見るのが嫌だから」

「きっとそうよ。つまり、まだここにはお化けが出るっていうことだわ。それなのに、銀太ちゃんが何も感じないってのはどういうことよっ」

「知らないよぉ」

そんなことを自分に訊《き》かれても困る。銀太はお紺から目を逸《そ》らして横を向き、お椀《わん》の底に残っていた汁粉の残りを一気に啜《すす》り込んだ。

「……忠次ちゃんに訊くけど、あんたにも何も見えていないのかしら」

「お化けっていうことなら、別に見えないよ。おいらの順番じゃないし」

「二巡目に行くってことも考えられるでしょう」

お紺がそう言うと、男の子たちは一斉にはっとした顔になった。

「ちょっと、まさかそんなことが……」

「あり得るわよ。だから忠次ちゃんに訊ねてみたの。もし二巡目になったら順番が初めに戻るでしょうから、忠次ちゃんが見て、留吉ちゃんが聞いて、新七ちゃんが嗅ぐことになるわけね。他の二人はどうかしら」

留吉と新七はそろって首を振った。

「耳を澄ましても、表を通る人の足音とか話し声しか聞こえてこないよ」

「俺の方も、汁粉の甘い匂いしか感じない」

「そう……まったく悔しいったらないわ。わざわざこんな所に、あんたたちにお汁粉を奢《おご》るためだけにやってきただなんて。一生の不覚よ」
お紺は舌打ちした。それを聞いた新七が顔をしかめる。
「ちょっとお紺ちゃん、それはあまりにも行儀が悪すぎるよ」
「今さらあんたたち相手に行儀よく振る舞うことなんかないでしょう。もう四人とも
お汁粉は食べ終わったわね。それならさっさと帰るわよ。お化けの出ない場所に長く
いても仕方がないから」
お紺はすっと立ち上がって土間に下りると、そのまま振り返りもせずに店から出て
いった。
残された四人の男の子は互いに顔を見合わせて苦笑いを浮かべ、それからのろのろ
と立ち上がった。
「……ところでさ、さっき忠ちゃんはやたらと汁粉の中身を気にしていたけど、何か
変なものでも入っていたの？」
汁粉屋を出て少し歩いた所で銀太は忠次に訊ねた。お紺は店を出てすぐの場所で立
ち止まって待っていたので、五人は固まるようにして歩いている。
「いや、そういうわけじゃないけど……ほら、あの店、少し焦《こ》げ臭かっただろう。も

しかしたら餅が焦げているんじゃないかと思って確かめていたんだよ。別に何事もなかったけど」

銀太は首を傾げた。今回は「見る」「聞く」「嗅ぐ」が自分一人に降りかかる番だから、当然店の中で鼻を動かした。しかし汁粉の匂いがするばかりで焦げ臭さはまったく感じなかった。

妙だな、と思いながら、今度は留吉に訊ねてみた。

「……それから留ちゃんは、たまに横を見たりしていたけど」

「ああ、それは人が通ったような音がしたからだよ。もしかしたらあの店、安普請《やすぶしん》で奥の部屋の物音が店の方まで響いてくるんじゃないかな。ちょっと気になっちゃったよ」

再び銀太は首を傾げる。もちろん耳も澄ましていた。表から聞こえてくる声や足音の他は、五人が汁粉を啜る音しかなかった。

これはどうも様子がおかしいぞ、と思っていると、新七が口を開いた。

「それにしてもあのお店、お化けが出るからって場所を移すのはちょっと勿体《もったい》ないね。今日みたいな感じでどうしても必要な時の他は店の奥にいるようにしたら、何とか続けられるんじゃないかな。あれだけ繁盛していたんだし」

「はあ？」

銀太だけでなく、忠次と留吉、そしてお紺も新七の顔をまじまじと見つめた。

「……ええと、他の人はちょっと黙っていてね」

お紺がそう断ってから、新七に訊ねる。

「あの店の中には、何人のお客さんがいたかしら」

「入れ違いに出ていったお客がいたよね。その人と俺たちを除くと……ええと、九人かな」

ひゅっ、と留吉が息を吸う音が聞こえた。お紺がそちらを向いて何も言うなという風に片手を前に上げ、それからまた新七の方へ向き直った。

「どんなお客さんだった？」

「やたらとにこにこしているお爺さんがいたよね。その人とは別にもう一人お爺さんがいて、お孫さんらしき女の子を連れてた。他にも女の子はもう一人いて、その子は父親らしき人と一緒にいたかな。それから……」

話している途中で新七は何かに気づいたようだ。徐々《じょじょ》に声が小さくなる。

「……一人で来ている若い女の人もいたな。夫婦に見える二人連れもいた。そして……」

「七、八歳くらいの男の子ね。たまに店の土間を走ったりしたんじゃないかしら」

「ちょっと待ってよ……いや、まさか……」

「新七ちゃん。落ち着いて聞くのよ。入れ違いに出ていった人を除くと、あの店にはあたしたちの他にお客さんはいなかったわ」

「そんな馬鹿な」

新七はくるりと踵《きびす》を返して汁粉屋の方へ戻っていった。そして店の前まで行くと中を覗き込み、それから急に力が抜けたようになってへなへなとその場に座り込んだ。後を追いかけた四人が追いついた時、新七は呆《ほう》けたような表情をしていた。

「……今はまったく誰の姿も見えない。でも、確かにさっきまでは九人のお客がいたんだ。はっきりしていたし、見た目におかしいところもなかったし……」

「新七ちゃん、その人たちはお汁粉を食べていたのかしら」

「そう言えば……」

「食べてはいないでしょうね。この世の人じゃないんだから。新七ちゃんだけに見えていた人たちなのよ。他にお客さんがいると思っていたから、新七ちゃんは姿勢よく座っていたのね。それにあたしが舌打ちした時も、行儀が悪いと顔をしかめた。それが分かってすっきりしたわ」

お紺は納得したように、うんうんと頷いた。

「お紺ちゃん、一人だけ清々《すがすが》しい顔にならないでよ」

新七は口を尖《とが》らせて文句を言った。

「あら、別にいいじゃない。お蔭でいらいらしていた気分が少しだけ良くなったわ。それじゃあ溝猫長屋へと戻って、今後のことを考えましょうか」

「今後って……何のこと？」

「二巡目に入っちゃったみたいだけど、一巡目と『見る』『聞く』『嗅ぐ』の順番が変わっているじゃない。しかも銀太ちゃんはまた仲間外れだし。そうすると次は誰がどういう目に遭うのか、考えておいた方がいいでしょう。今回みたいに油断して、新七ちゃんのように腰を抜かす羽目に陥らないように」

「俺は腰を抜かしてなんかいないよ」

新七は力強く言い放って立ち上がった。ところが膝《ひざ》がぐにゃりと曲がり、また座り込んでしまった。どうやら足に力が入らないようだった。

それを見たお紺が、ふふん、と鼻で笑い、それから踵を返して歩き出した。後ろで新七が悔しそうに、ぽん、と平手で地面を叩いた。

四

「……なるほど、今あそこにある汁粉屋は、近々店を他所に移しそうなのか」

蕎麦打ち名人の鉄さんが、お紺の話を聞き終わってからそう呟《つぶや》いた。

四人の男の子たちとお紺は溝猫長屋に戻ってきている。まだ日が沈むまでには間がありり、年少の男の子たちは自分たちで作った竹とんぼを飛ばして遊んでいた。それを横目で見ながら今後のことを話し合おうとした時に、鉄さんから話しかけられたのだった。お紺が「芝の神明町にあるお汁粉屋さんへ行こうってわけ」と、そこへ向かう前に言ったのを耳にし、気になって戻ってくるのを待っていたそうである。

「実はね、あの場所には昔、蕎麦屋があったんだ。若かりし頃の俺が、修業を始めた店だったんだよ」

鉄さんは遠くを見るような目でそう言った。その頃のことを思い出しているようだったが、どこか悲しげな色がその目の中にあった。

「そこの店主は俺なんか足元にも及ばないほど喧嘩っ早くてね。すぐ手が出るもんだから、修業中、何度殴られたか分からないくらいだった。もちろんお客相手でも容赦《ようしゃ》はない。気に入らないお客がいたら平気で叩き出していたよ。だが、それでいて不思議と常連客がたくさんいた蕎麦屋だった。乱暴で頑固者の店主だったが、どこか人を惹《ひ》きつけるところがあったからだろうな」

蕎麦の味は受け継いだが、あの人間味までは継ぐことができなかった。喧嘩っ早いところだけは似たけどな、と鉄さんは苦笑いを浮かべた。

「……俺は今でこそ客や店の者と喧嘩したらすぐに辞めちまうが、その店では我慢して長く修業を続けた。そして店主から、お前も一人前だとお墨付きを貰《もら》ってから別の店へ移ったんだ。そうしたらさ、そのすぐ後で、あの辺り一帯で大きな火事が起こってね。大勢の人が焼け死んだんだよ。幸い蕎麦屋と店主は無事だったが、店によく来てくれていた常連客がたくさん亡くなってしまった。知っている人ばかりだったからもちろん俺もものすごく悲しんだが、店主はそれとは比べ物にならないくらい気を落としてね。店を閉めて、故郷へ帰ってしまったんだ」

いったんそこで言葉を切り、鉄さんは、ふぅ、と大きく息を吐き出した。それから空を見上げ、また遠くを見るような目をしながら口を開いた。

「亡くなった常連客のことは、今でもはっきりと瞼《まぶた》に浮かべることができる。畳屋の隠居の彦六《ひころく》爺さん。いつも隅に座って、にこにこしながら酒を啜っていた。それからよく孫の女の子を連れてきていた、長兵衛《ちょうべえ》さんっていう爺さんもいた。この人は蕎麦の味にうるさくてね。俺はよく文句を言われたものだった。この人が来た時は、まるで店主が二人いるみたいな感じだったよ。それに、たけ坊って呼ばれていた近所に住む男の子もよく店に顔を出していた。この子はまだ七つか八つくらいなのに、たった一人で店にやって来るんだよ。もちろん銭は持っていないから、店の土間をふらふらと歩き回っているだけだった。邪魔だから店主や俺が何度も怒鳴《どな》りつけて追い返すんだが、それでもまたやって来る。一度訊ねてみたら、蕎麦の匂いが好きなんだって答えたな。いつかおいらも蕎麦屋になって、美味くて香りの良い蕎麦をお客に出すんだって、愛嬌《あいきょう》のある笑みを満面に浮かべながら言っていたよ。それから……」

「ちょっと待ってよ、鉄さん」話の途中で新七が口を挟んだ。「その人たちって、もしかして俺が今日……」

「うむ」鉄さんは大きく頷いた。「新七が汁粉屋の中で見たっていうお客たち。それは間違いなく、あの火事で亡くなった常連客のみなさんだ。もうとうに蕎麦屋じゃなくなったのに、今でも通い続けてくださっているんだな。店主が聞いたら喜ぶかもしれないが、残念ながらそれはもう無理だ。五年くらい前に、その店主も故郷で亡くなったそうなんだよ」

鉄さんは俯《うつむ》いて小さく首を振り、それからふっと顔を上げて周りを見た。だいぶ薄暗くなっており、竹とんぼを飛ばして遊んでいた年少の子供たちはいつの間にか自分たちの家へと帰ってしまっていた。

「ふむ。俺もそろそろ自分の部屋に戻るとするかな」

鉄さんはお紺と四人の男の子たちに背を向け、ぶらぶらとした足取りで長屋の路地の方へと歩いていった。「俺も四十になったし、少しは小金も貯まったから、そろそろ自分の店を持ってもいいかもしれないな」と呟いている声が、背中を見送る五人の耳に届いた。

「……お汁粉屋さんが他所に移ったら、あの場所を借りてお蕎麦屋さんを出すつもりなのかしら」

鉄さんの姿が見えなくなってから、お紺が囁《ささや》くようにそう言った。

「そうかもしれないね。お化けのお客と喧嘩しなけりゃいいけど」

銀太は相槌《あいづち》を打ち、それからお多恵ちゃんの祠の方へと目を向けた。鉄さんやあの店のことも気になるが、今はそれよりも自分たちのことだ。

「二巡目に入ったみたいだってお紺ちゃんは言ってたけど、そうするとおいらはどうなるんだよ」

「『見る』『聞く』『嗅ぐ』がもう一回りすると考えると、銀太ちゃんがお化けに遭うのは七度目になるかしら。あと二回は、他の三人で遭うことになるわ。銀太ちゃんはまだしばらく仲間外れね」

「そんなぁ」

酷い、酷すぎるよお多恵ちゃん、と銀太が祠に向かって嘆くように言った。むろん銀太だけでなく、忠次や留吉も顔をしかめた。

「お紺ちゃん、おいらお汁粉屋さんからここへ戻る道々、ずっと考えてきたんだけどさ」

「あら忠次ちゃん。途中からずっと黙ったままだったからどうしたのかと思っていたけど、何を考えていたの」

「その『見る』『聞く』『嗅ぐ』の順番のことだよ。二巡目に入った今回は、新ちゃんが『見る』、おいらが『嗅ぐ』、留ちゃんが『聞く』になっていた。順番が変わっちゃったんだよ。そうなると、次においらと留ちゃんのどちらが『見る』羽目になるか、まだ分からないってことなんじゃないかな」

「その通りよ。これぱっかりはその時にならないと分からないわね」

「そんなぁ」

酷い、酷すぎるよお多恵ちゃん、と忠次と留吉が声をそろえて祠に文句を言った。

男の子の中でただ一人、新七だけは穏やかな顔をしていた。もう『見る』という一番怖いことを終わらせてしまったので気が楽になっているようだった。

「新七ちゃん……あんただって安心できないわよ。今日お化けを見たことで、二度続けて新七ちゃんが『見る』羽目になっちゃったわけだけど、それは多分この間『見る』を終わらせたばかりで、あんたがもっとも油断しているとお多恵ちゃんが思ったからじゃないかしら。間違いなくお多恵ちゃんは楽しんでいるわね。そうなると、必ずしも順番通りに続くとは限らないんじゃないの。もうないと思わせておいて、また続けて同じ目に遭わせるなんてことが……」

「そんなぁ」

酷い、酷すぎるよお多恵ちゃん、と新七も祠に向かって泣くような声を出した。

「……とにかく、すべてはお多恵ちゃんの思惑《おもわく》次第で、次にどういう順番になるかは考えても無駄ってことね。それじゃあ、もう日も暮れてきたし、あたしはこれで帰るわね」

最後ににこっと微笑み、それからお紺は背中を向けて、あっという間に立ち去っていった。

あとに残された男の子たちは、しばらく祠に向かって嘆き続けていたが、やがて忠次、新七、留吉の三人が、恨みがましい目を銀太に向けた。

「なんだよ、三人とも。おいらが何か悪いことでもしたかよ」

「思いっきりしたよ」新七が口火を切って文句を言う。「どうしてこんなことになったか胸に手を当てて考えてみなよ。銀ちゃんが『お多恵ちゃんは芸がない』って悪口を言ったからだろう。だから怒っているんだよ」

「今日も『やっぱりつまらないよ』とか言っていたよね」留吉が言葉を引き継ぐ。

「きっとお多恵ちゃんはそれを聞いて、それなら面白くしてあげましょうか、なんて考えたんじゃないの」

「銭を失くしたのをお多恵ちゃんの祠のせいにしようとしたよね」忠次も口を開く。

「今回、お化けに遭い始めたそもそもの最初がそれだった。お化けに遭ってびっくりして銭を落としたことにしようと企んだら本物が出ちゃったんだ。きっとそれも、お多恵ちゃんが腹を立ててやったことなんじゃないの」

「まるですべておいらが悪いみたいじゃないか。みんなだってお多恵ちゃんの祠について色々と言ったことがあるだろ」

「俺たちが言ったのは愚痴で、銀ちゃんが言ったのは悪口なんだよ」

「なんだよその、お紺ちゃんが言いそうな屁理屈は。おいらはどうすりゃいいんだよお」

銀太は空を仰ぎ、大声で嘆いた。それから膝を落とし、手を前に突いて深く項垂《うなだ》れた。

子供たちが言い争いを始めたためか、さっきから周囲を落ち着かない様子でうろうろしていた野良太郎が、銀太に近づいてその頭をぺろりと舐《な》めた。

死神

一

溝猫《どぶねこ》長屋の一番奥、物干し場などがあって少し広くなっている場所へと足を向けた忠次、銀太、新七、留吉の四人の子供たちは、むっとした顔をしているお紺に出迎えられた。

「……お紺ちゃん、いつの間に来てたの？」

「結構前から来てたわよ。それよりあんたたち、現れるのが遅いんじゃないの。まったく、今まで何をしてたのよ」

「何って……長屋の周りの掃除《そうじ》を」

麻布《あざぶ》は武家屋敷や寺社が多い土地で、庭には木々もたくさん生えている。だから秋も終わりに近づいた今の時期は、やたらとあちこちに枯葉が落ちているのだ。そのため家が商売をしている新七と留吉の二人は、手習から帰ってきたら店の前の通りを掃《は》くようにと親から命じられている。それなら四人で手分けしてさっさと終わらせて、それから遊ぼうという話になり、忠次と銀太も一緒になって長屋周りの枯葉を掃いていたところだった。

「ふうん。それは偉いわね。だけどあんたたちがいつまでも来ないから、あたしは幼い子供たちが妙な遊びをしているのをずっと眺める羽目になったわ」

お紺が顔を動かしたので、忠次もそちらへと目を向けた。

長屋に住んでいる年少の子供たちが集まって遊んでいた。銀太や留吉の妹などの女の子たちは、お多恵ちゃんの祠《ほこら》のそばに座って、顔を寄せ合っている。紐《ひも》のような物を使っているので、どうやら綾取《あやと》りをしているようだ。その周りには数匹の猫が寝そべったり、お互いに前脚でちょっかいを出し合ったりしながら遊んでいる。

忠次や留吉の弟などの男の子たちは物干し場の周りで、めいめい手に棒切れを持って動き回っていた。こちらは剣術ごっこをしているらしい。自分まで棒で叩かれては堪《たま》らないと思っているのか、野良犬の野良太郎が少し離れた辺りをうろうろしている。

「綾取りと剣術ごっこ。妙な遊びってことはないと思うけど」

「女の子たちはいいわよ。可愛《かわい》らしく遊んでいて微笑《ほほえ》ましいわ。あたしもあんな頃があったんだなって、にこにこしながら眺めてたわよ。だけど、男の子たちの方はどうなの。へっぴり腰で睨《にら》み合って、お互いの周りをぐるぐると回っているだけじゃない。あれのどこが剣術ごっこなのよ」

「それがうちの長屋の決まりだから」

大家の吉兵衛は、やれ子供だけで川へ行くなだの、木に登って遊んではいけないだのといつも口うるさいが、それはあくまでも命を落としたり大怪我《けが》をしたりしかねない危ない遊びに限られている。一方で「男の子はちょっとくらい怪我をした方が強く育つ」という考えの持ち主でもあるので、剣術ごっこのような勇ましい遊びはむしろ大いにやるべしと勧めるのである。

しかし芝居のような感じで斬ったり斬られたりする真似事をしているうちはいいが、子供なので途中からむきになり、本気の叩き合いが始まってしまう、なんてことも起こり得る。腕や脚に擦《す》り傷を付けるくらいなら構わないが、まかり間違って相手の目を突いてしまったりしたら大変だ。

そこで吉兵衛は、子供たちが剣術ごっこをする際に必ず守らなければいけない二つの決まりを作ったのである。

「棒を腰の高さより上に振り上げてはいけない、そして相手の体で叩いていいのは尻のみとする、というのが、うちで剣術ごっこをする時の約束事なんだ」

だから始まりこそ格好よく堂々と名乗りを上げ、「いざ尋常《じんじょう》に勝負」などと言いながら棒切れを下段に構えるのだが、その後はへっぴり腰でひたすら互いの尻を狙い合うという、常道を外れた間抜けな戦いが繰り広げられるのである。

「ふうん。まあ、それもこの長屋らしくていいけどね。それよりあんたたち、今日はこの後もう手伝いとかはないんでしょう。それならあたしがいい場所を見つけてきてあげたから、今から行くわよ」

「えええ……」

忠次たちはそろって不満げな声を上げた。お紺の言う「いい場所」が「幽霊の出る場所」だということはわざわざ訊《き》かなくても分かる。

「ちょっと、四人そろってそんな嫌な顔をしないでくれるかしら。このあたしがあんたたちのために怖い話を磯六さんから聞いて、その中から選《え》りすぐった場所なんだからね。むしろ感謝してほしいくらいだわ」

「いや、でも……」

忠次は長屋の塀際《へいぎわ》に鎮座する、お多恵ちゃんの祠へと目をやった。

「なんか近頃、お多恵ちゃんが怒っているみたいだからさ。順番が変わって、次に誰がどんな目に遭うのかも分からないし……」

「まさか、だからしばらくは長屋で大人しくしていようって考えているんじゃないでしょうね。あんたたち、それは大きな間違いよ。どんなに怖い目に遭おうと、そしてどんなに大家さんから叱られようと、お化けを見にふらふらと出歩いてしまうのがあんたたちの良いところだったのよ。それなのに、ちょっと順番が変わったくらいで屈するなんて、きっとお多恵ちゃんも笑っているわ。多分あんたたちは今、お多恵ちゃんに試されているのよ。ここで逃げちゃ駄目だわ。こんな時こそ、お化けが出そうな場所へ飛び込んでいかなけりゃ」

「ごめん、ちょっと待ってて」

忠次は銀太と新七、留吉をお紺から少し離れた所へ誘った。それから顔を突き合わせ、小声で相談を始める。

「あんなこと言ってるけど、どうする？」

「おいらは、お紺ちゃんの話に乗らずに長屋で遊んでるのがいいと思うけど」

すぐに留吉が返事をした。今回、しばらく長屋で大人しくしている方がいいと考えているのは忠次と、この留吉の二人だ。順番を考えると、この二人のうちのどちらかが次に「見る」ことになりそうだからである。

「おいらはお紺ちゃんの話を聞いて、その場所に行ってみるべきだと思うよ」

続いて銀太が口を開いた。順番が変わったことで、もしかしたら自分だけ仲間外れにされ続けるのも変わるかもしれないと考えているので、むしろ幽霊に遭いに行くべきだとずっと言い張っている。しかし誰からも相手にされていない。

「俺はどっちでも……ああ、でもなぁ」

最後に新七が、迷っているという風に首を傾げながら呟《つぶや》いた。ここ数日で最も悩んでいるのは、この新七に違いない。二度続けて見ているので次はないだろうから、幽霊が出そうな場所へ行っても構わないと思う。しかし、お多恵ちゃんがこちらの裏をかくということも十分にあり得る。油断させておいて、三度続けて見せてびっくりさせるなんてことが……などと、下手に頭が働くだけに色々と考えてしまうらしい。

「……お紺ちゃんの言うように、お多恵ちゃんは俺たちを試しているのかもしれない。だとしたらこうしてうだうだと悩んでいるのはお多恵ちゃんの思う壺《つぼ》に嵌《はま》っていることになる。それならいっそのこと、思い切ってお紺ちゃんの話に乗った方がいいのかもしれない。だけど、そうすると今度はお紺ちゃんの思う壺だし……」

新七の悩みはますます深くなったようだ。

「ああ、もう、そうやって相談しているうちに日が暮れちゃうわよ」

いら立っているようなお紺の声が飛んできた。

「とにかくまずどんなことが起こったのか話をするから、それを聞いてから決めなさい。今回はここからすぐ近くよ。永坂町《ながさかちょう》の裏店《うらだな》に住む、条蔵《くめぞう》さんという人の身に降りかかった出来事なんだけど、あんたたち、驚かないで聞くのよ……なんとその条蔵さん、死神に出遭ったらしいの」

「……へえ」

「ちょっと何よその、気のない返事は」

「だって、驚くなって言うから」

「そう言われたら嘘でも驚いた振りをするのが礼儀ってものなの。大人はみんなやっていることだから、ちゃんと覚えておかないと世の中に出た時に困るわよ」

「はあ……」

大人になると面倒臭いことが増えるのだな、と忠次はうんざりした。

「ええと、そうそう、条蔵さんの話だったわね。この人は左官屋《さかんや》さんなんだけど、夕方に仕事を終えて、自分の住んでいる長屋の近くまで戻った時に……」

いきなり背後から声をかけられたので粂蔵はびっくり仰天した。寂《さび》しい裏通りを歩いている時で、自分のそばには誰も歩いていないと思っていたし、足音も聞いていなかったからだ。

慌《あわ》てて振り返るとすぐ目の前に男が立っていて、粂蔵に顔をくっ付けるようにしてぶっきらぼうな口調で道を訊いてきた。これには粂蔵も少しむっとしたが、元より親切な男で、しかも訊《たず》ねられたのが自分と同じ長屋に住む年寄りの部屋だったので、愛想よく道を教えてあげた。

「……ところが、身振り手振りを交えて丁寧《ていねい》に説明して、どうです分かりましたかと振り返ったら、その男の姿が消えていたそうなのよ。さらに不思議なことに、道を訊ねてきたのが男であるのは確かなんだけど、幾つくらいの人でどんな顔をしていたか、まったく思い出せないらしいの。粂蔵さんもその時はすごく気味悪く思ったそうなんだけど、呑気《のんき》な人みたいで、自分の部屋に戻ってお酒を飲んで寝たら、翌日にはその出来事をすっかり忘れちゃったんだって。たいしたものだわ。なかなかの大物ね。でも、数日後の晩……」

自分の部屋で寝ていた粂蔵は、長屋の路地を足早に通り過ぎる何者かの足音を聞いて目を覚ました。

もう夜明けかと戸口の方へ目を向けると、腰高障子《こしだかしょうじ》のその向こうは真っ暗だった。まだ夜中だ。誰かが厠《かわや》にでも行ったのだろうと、粂蔵は再びうつらうつらし始めた。

するとしばらくして、急に表が騒がしくなった。

さすがに気になり、粂蔵は起き出した。戸を開けて路地を覗《のぞ》く。すると、例の年寄りの部屋に明かりが点いていて、中から声が聞こえてきた。年寄りの名を大声で呼んでいるようだった。

どうしたことかと粂蔵は急いでその部屋を覗きに行った。すると中で年寄りが倒れていて、一緒に住んでいる息子夫婦が必死の形相《ぎょうそう》で起こそうとしているところだった。訊いてみると、年寄りは厠に行こうといったん立ち上がったが、突然ばったりと倒れ、そのまま動かなくなってしまったということだった。

それなら無理に動かさない方がいい、とにかく俺が医者を呼んでくるからと、粂蔵は年寄りの部屋を飛び出した。

その時、粂蔵は年寄りの部屋の戸の障子の部分に、文字がびっしりと書かれていることに気づいた。経文《きょうもん》のような感じだった。しかし急いでいたのでよく確かめることはせず、近所に住む医者の元へと走った。

そして医者を連れて再び長屋に戻ってくると、年寄りの部屋の戸口には何も書かれていなかったという。


「……結局、そのお年寄りは助からなかったそうなんだけど、その時に粂蔵さんは、数日前に妙な男から道を訊ねられたことを思い出したのよ。それと同時に、さらに数年前のことも頭に甦《よみがえ》ったんだって。実は粂蔵さん、前にも同じような文字が腰高障子に書かれていたのを見たことがあったらしいの。その時も、その部屋に住んでいた人は亡くなり、改めて見ると文字などなかったそうなのね。そして、驚いたことにその数日前に、やっぱり得体の知れない人から道を訊ねられていたんだって。やっぱり顔とか年とか着物の柄のようなものもまったく思い出せないらしいんだけど」

「ふうん」

つまりその道を訊ねた者が「死神」である、とお紺は言いたいのであろう。

「あたしが思うに、きっとその粂蔵さんって人は、あんたたちと同じように『そういうものが分かってしまう人』なのよ。ただ、お多恵ちゃんの祠の力を得ているあんたたちと比べると弱いのでしょうね」

「本当かなぁ」

忠次たちは疑いの目をお紺へと向けた。死神などというものが実際にいるのかどうか、そこがまず怪《あや》しい。それに粂蔵という人も、その者に出遭ったのは二回だけだ。たまたま訊ねた先の人が数日後に亡くなってしまった、なんてこともあり得ない話ではない。それに顔などを思い出せないというのも、それなら今回と以前では道を訊ねたのが別人だったのではないかという疑問が生じる。

「四人とも、お多恵ちゃんが順番を変えたせいで色々と疑い深くなっているんじゃないの。分からないことがあったら素直に確かめてみればいいのよ。それでね……あんたたち、驚かないで落ち着いて聞くのよ……なんと粂蔵さん、ついこの前、また例の不思議な人物から道を訊ねられたそうなのよ」

「……うわっ、そいつはびっくりだ」

「そうそう、そんな風にちゃんと驚かないと駄目よ。ちょっと間があったけど、まあいいでしょう。それで、今回もやっぱり顔などはまったく覚えていないみたいなの。で、その人物が訊ねたのは粂蔵さんが住んでいるのとは別だけど、やはり同じ永坂町にある長屋にいる人でね。松四郎《まつしろう》さんっていう男の人よ。鋳掛屋《いかけや》さんなんだけど、まだ三十を幾らか過ぎたばかりの働き盛りの年なのに、ここ数日は仕事に出ずに部屋にいることが多いらしいわ。どうやら体の具合が悪いみたい。きっと死神に魅入《みい》られたせいよ」

「そうかなぁ」

四人の男の子たちは、ますます疑い深いまなざしになった。そのくらいの年の男の人だって風邪くらいはひくだろうし、他にもぎっくり腰になったとか、あるいは単に仕事が嫌になって怠《なま》けているだけとか、色々と理由は考えられる。少なくとも死神のせいにするよりは、はるかに考えられることだと思う。

「だから、それを確かめに行こうと誘いに来たんじゃないの。あんたたちのうちの一人は今、お化けとかが『見える』ようになっていると思うのよ。もしかしたらお化けだけじゃなくて、条蔵さんが見た、戸口に書かれている文字も見えるかもしれないわ。それを見に行こうと誘いに来たのよ。他の人には見えない文字があるのが分かったら、その松四郎さんって人が死神に狙われているってことになるんじゃないかしら」

「なるほど」

これは悪くない話だぞ、と忠次は思った。これまでと違って、見るのは幽霊ではなく文字だ。怖くはない。永坂町はすぐそばだから、あっという間に帰ってくることができる。

忠次は他の男の子の顔を見回した。銀太は初めから行くつもりだったから当然だが、新七と留吉も頷《うなず》いていた。

「どうやら決まりみたいね」

行くという返事をする前に、お紺がそう言ってにこりと笑った。

二

松四郎が住んでいる長屋の木戸口の前で、忠次、銀太、新七、留吉の四人は横一列に並び、大きく鼻から息を吸い込んだ。

今回は嗅《か》ぐ番ではないのか、あるいはそもそも死神が現れたという話自体が嘘だったのかは分からないが、忠次には怪しい臭いは感じられなかった。

脇に立っている留吉を見ると、こちらも何も感じなかったようで、目が合うと黙って静かに首を振った。

反対側に立っている銀太を見る。今度こそ仲間外れになることから逃れようと考えていたらしく、何度も繰り返し大きく息を吸ったり吐いたりしていた。そんなに必死にならなくても「嗅ぐ」時は嗅ぐのに、と思いながら眺めていると、急に銀太はこめかみの辺りを押さえて目をつぶった。

「ああ、なんか頭がくらくらしてきた」

「うん、そうなるんじゃないかと思ったよ。銀ちゃんも臭いは何も感じなかったみたいだね。そうすると、残りは……」

忠次は、留吉の向こう側に立っている新七へと目を向けた。途端に新七がくしゃみをした。

「鼻に虫でも入ったの？」

「なんか急に冷たい風が吹いてきたから。それを吸い込んじまった」

「風なんかないけど」

「いや、そんなことないだろう。間違いなく俺の鼻に、すぐそこまで訪れている冬の香りが飛び込んできたんだ」

「……それ、前においらが嗅いだやつじゃないの？」

留吉が怪しい女の子に導かれて川で溺《おぼ》れた時だ。その前日にみんなで川のそばに行った際、忠次は、ひんやりと冷えた臭いを感じている。

「もしかして、その時の女の子がこの近くにいるんじゃ……」

「いいえ、そうじゃないわね」

忠次たちの話を四人の後ろで聞いていたお紺が口を挟んだ。

「新七ちゃんが感じているのは、条蔵さんが見た、あの死神から出ている臭いだと思うわ。前に忠次ちゃんが嗅いだのと同じだというのは、つまりそれが『死をもたらす者』の臭いだからじゃないかしら」

留吉が遭った女の子も、川に子供を引きずり込む、いわば死神のような幽霊だった。だから、お紺の言うことは当たっているのかもしれない。そうだとすると大変に恐ろしい話である。それなのに……。

「……お紺ちゃん、嬉《うれ》しそうな顔でそういうことを言うのはやめてよ」

「あら、無駄足にならなくて良かったじゃない。喜ばしいことだわ。後は松四郎さんの部屋の戸口に怪しい文字が書かれているかどうかね。ええと、確か木戸口から見て右側で、奥の二つが空いていて、三つめが松四郎さんの部屋だって聞いた気がするわ。ああ、ちょうど今、誰か出てきた部屋ね」

「ちょっとお紺ちゃん、早く隠れなきゃ」

五人は慌てて木戸口の前を離れ、近くの曲がり角の陰まで退散した。死神に魅入られた男の部屋を眺めに行った、なんてことが大家の吉兵衛に知れたら、間違いなく叱られるからである。そんな所に行ってお前たちまで死神に目を付けられたらどうするんだとか、そんな人を面白がって見に行くのは失礼であるとか、いくらでも説教の種が思い浮かぶ。

見つからないよう慎重に首を伸ばして、曲がり角の陰から様子を窺《うかが》う。すると、しばらくして長屋の路地から慈姑《くわい》頭の年寄りと、その弟子と思える箱を持った若い男が出てきて、向こうへと歩き去っていった。

「……お医者様のようね」お紺が呟いた。「松四郎さんの具合が悪いっていうのは本当のようだわ。そうなると、訪ねていくのはちょっと無理ね。残念だわ」

どうやらお紺は戸口を眺めるだけではなく、松四郎という男に会って話を聞くつもりだったらしい。まさか「あなた死神が憑《つ》いてますよ」などと告げることはないと思うが、お紺の場合はそれもあり得そうで怖い。部屋を訪ねるのを諦《あきら》めてくれたようで良かったと、四人の男の子たちはほっと胸を撫《な》で下ろした。

「中で寝ているなら部屋のすぐ前で話すのも憚《はばか》られるし、離れた所から戸口を眺めるだけにするしかないわね。文字が見えればいいけど……」

お紺はきょろきょろと辺りを見回し、こちらを気にしているような大人がいないことを確かめてから再び長屋の木戸口へと向かっていった。忠次たちはいったん顔を見合わせて首を振ってから、だらだらとお紺の後に続いた。

「さあ、改めて戸口を確かめましょう。誰か、何か見える人がいるかしら」

さっきと同じように、男の子四人は横一列に並んで長屋の木戸口に立った。路地の両脇に割長屋《わりながや》が建っている。松四郎の部屋は右側の、奥から数えて三つめだ。

忠次は戸口の腰高障子を睨んだ。だいぶ日に焼けて黄色くなっているが、障子の部分に何かが書かれている様子はなかった。

忠次は端に立っていたので、横を向いて他の三人を眺めた。新七は、自分はもう今回は「嗅ぐ」役目だと決めてかかっているようで、すでに戸口から目を離して熱心に鼻の方を動かしている。銀太は、なぜか頬を引き締めた男前風な表情を作ったり、反対に頬《ほお》を緩《ゆる》めて口をぽかんと開けた間抜け面をしたりと、いちいち顔付きを変えて戸口を見ている。もちろんそれで何かが見えるというわけでもないようで、やがて飽きたようにぷいと空の方を見上げてしまった。

そして留吉は、真剣な顔で戸口の方へじっと目を注ぎ続けていた。よく見ると細かく目を動かしている。松四郎の部屋の戸口を見たり、その向かい側の部屋の戸口を眺めたり、路地の正面へ目を向けたりしているようだった。

「……留ちゃん、もしかして何か見えるの？」

「うん……正面から見据えるとただの黄ばんだ障子なんだけど、目の端で見るようにすると黒く見えるんだよね。ここからじゃ離れていて分からないけど、もしかしたら細かい文字が書かれているのかもしれない」

留吉の言葉を聞いた残りの三人の男の子たちは長屋の路地へと目を戻した。言われたように忠次も、別の場所を見ながら目の端で松四郎の部屋の戸口を捉《とら》えるようにしてみる。

残念ながら忠次には何も見えなかった。

「ごめん、おいらのやり方がまずいのかな。分からないや」

続けて新七も首を傾げた。

「うん、俺もだ。うまくいかない。でも、少なくとも文字が書かれているようには見えないな」

「おいらもだ。もう何か、目が疲れちゃった。なぜか顔も」

銀太が最後に呟いた。

「……おいら、近くに寄って確かめてくるよ」

他の者には見えていないと知った留吉が、忍び足で長屋の路地を歩いて松四郎の部屋に近づいていった。

留吉は戸口の前に至ると、腰高障子を横目で見たり、上目遣《づか》いで眺めたりし始めた。その様子を忠次が息を殺して見守っていると、すぐ横で新七がくしゃみをした。

「ああ、またすぐそこまで訪れている冬の香りが俺の鼻に飛び込んできた」

「新ちゃん、それ、死神の臭いだから……ああ、留ちゃんが戻ってきた」

留吉が時々後ろを振り返りながら、路地をこちらに向かって歩いてきた。そして忠次たちの前まで来ると、静かに首を振った。

「同じなんだよ。正面から見ると何も見えないんだけど、ちょっと横を向くと障子に細かい文字が書かれているような気がするんだ。粂蔵さんって人が言っていたように経文なのかもしれないけど、何が書かれているかまでは読めない」

「それで十分だよ」

忠次は松四郎の部屋の戸口に再び目をやりながら答えた。自分の目には何も見えない。ただの黄ばんだ障子だ。だが留吉の目には、はっきりとではないが見えている。

「新ちゃんだけが臭いを嗅いで、留ちゃんだけが文字を見た。粂蔵さんが見た男は本物の死神だったのかも。少なくとも、この世の者ではないことは確かみたいだな。後はおいらか銀ちゃんが何かを聞くはずなんだけど……」

ここまで自分は何も怪しい声や物音を聞いていない。まさか今回仲間外れにされるのはおいらなのか……と思いながら忠次は怖々と銀太を見た。

銀太は、何も聞き漏《も》らすまいという真剣な顔で耳の後ろに手をやった。そうしてしばらく耳をそばだてていたが、やがて「ちっ」と舌打ちしてむすっとした顔になった。

忠次はほっとした。

「今はその男が近くにいないから、忠ちゃんには何も聞こえないんだろうね」

新七が口を開いた。銀太が聞くことはないと決めてかかっているような口調だった。

「俺が感じた臭いは、あの戸口にこびりついているものだと思うよ。多分だけど、粂蔵さんに道を訊いた男は、いったんあの部屋を訪れて、近々あの世に連れていく者の目印として文字を残していったんじゃないかな。だから、ここで待っていたらいずれはやって来ると思うけど、もしそれが本物の死神だったら……」

「おいらたち、さっさと帰った方がよさそうだね」

忠次は顔をしかめた。お多恵ちゃんの祠の力があるから、遠くにいてもそのうち声や物音が聞こえてくるだろう。きっと肝《きも》を潰《つぶ》すに違いないが、死神のすぐ近くにいるよりはましだ。

「うん、そうだね。おいらも死神なんて見たくないよ」

見える順番に当たっている留吉が深く頷いた。こちらの方がより切実だ。顔を強張《こわば》らせて、きょろきょろと目を動かしている。

「それじゃあ、早く溝猫長屋へ戻ろう」

新七が先に立って歩き出した。すぐ後ろに留吉が続く。銀太も「またおいらが仲間外れなのか」と肩を落としながらついて行く。そして忠次が三人を追いかけるように足を踏み出そうとした時、途中からずっと黙っていたお紺が四人に向かって声をかけた。

「あんたたち、本当にそれでいいのかしら」

四人は一斉《いっせい》に振り向いた。

「どういうこと?」

「松四郎さんが死神に目を付けられたのは間違いないようね。つまり、松四郎さんはここ数日のうちに亡くなるのよ。お医者様を呼んだってことはもっと早いのかもしれない。今晩中に死神が連れていくかもしれないわね。それが分かっていながら何もせずに帰ってしまったら、きっと後になって苦々しい思いをすることになるんじゃないかしら」

「だって、どうしようもないじゃないか」

忠次は口を尖《とが》らせた。相手は死神で、自分たちは子供だ。どうしようもない。それに、そもそも死神に目を付けられた者を助ける方法があるのかどうか、それが分からない。

「そんなことを言うなら、お紺ちゃんがどうにかすればいいじゃないか」

「あたしはお化けを感じる力なんてないから。病で死んだのか死神のせいで死んだのかなんて分からないわ。人が亡くなるのは悲しいことだけど、それで苦々しい思いをすることはないわね。でもあんたたちは違うでしょう。松四郎さんに近づいている、死をもたらす者のことを明らかに感じている。このまま何もしないでいたら嫌な感じがずっと残ると思うわよ。もちろん、あたしはそれでも構わないけど。ああ、そうそう、この頃帰りが遅くなることが多くて、お父《とっ》つぁんから早く帰るように厳しく言われていたのを思い出したわ。それじゃ、あたしはこれで帰るから」

お紺は最後ににっこりと微笑み、それから足早に歩き出した。その後ろ姿を、四人の男の子は呆然《ぼうぜん》と見送った。

「……なぁ、あんなこと言ってたけど」

お紺の姿が見えなくなってしばらくしてから、忠次は重い口を開いた。

「確かにこのまま松四郎って人が死んだら、ちょっと嫌な感じがするけど」

「だけど、どうしようもないよ」

新七が嘆くように言った。

「助けられるものなら助けたいけど……」

留吉も首を振りながら呟く。

「助け方が分からないんだから仕方ないじゃないか」

銀太が口を尖らせながら言う。

「そうだよなぁ」

最後に、再び忠次が言って空を仰いだ。結局そういうことだ。助け方が分からないから動きようがないのだ。

今の忠次に分かっているのは、お紺は死神よりたちが悪いという、その一点だけだった。

三

「お前たちがここにいるのは夜の五つまでだ。それを過ぎたら溝猫長屋に帰ってさっさと寝るんだぞ。もちろん帰る時は俺が送ってやるから。辻斬り《つじぎ》がどこに出るか分からないからな。死神よりもそっちの方を気にしなけりゃいけない」

窓の外を熱心に眺めている忠次と留吉の背後で弥之助がそう言った。その横で溝猫長屋の大家の吉兵衛が頷いている。

今、忠次たちがいるのは松四郎が住んでいる長屋の表店の、とある家の二階である。長屋の木戸口とは反対側に建っている家だった。窓を開けると裏店の路地がちょうど真ん前に通っており、その向こうに木戸口が見えるという場所だ。そこからだと松四郎の部屋は左側の手前から三つめになる。

お紺と四人の男の子たちで松四郎の部屋の戸口を見に行ったのは昨日のことである。お紺と別れた四人は溝猫長屋に戻ってから話し合い、叱られるのを覚悟で吉兵衛のところへ相談に向かった。自分たちで考えても無理だから、年寄りの知恵を借りに行ったのだ。

残念ながら、吉兵衛だけではうまい考えが浮かばなかった。しかしすぐに弥之助を呼び出して手習師匠の古宮蓮十郎の元を訪れ、三人で頭を捻《ひね》った。

三人寄れば文殊《もんじゅ》の知恵というやつで、そうして何とか良さそうなやり方を見つけ出したのである。

「留ちゃん、まだ障子の文字は見えているかい」

忠次は横に座っている留吉に訊ねた。もう夜の六つを過ぎて日が西へと沈んだ後だが、半分ほどの月が南の空に浮かんでいた。だから長屋の屋根などはよく見えるが、建物の間にある狭い路地はかなり暗くなってしまっている。

「うん、何か書かれていて黒いなっていうのは分かるよ。こちらから見て一番手前の端っこの部屋だからね。月明かりがかろうじて当たっている」

三人の大人たちが必死になって捻り出した考え。それは「松四郎の部屋の戸板を、長屋の端の空いている部屋のものと取り替える」というものだった。

吉兵衛がこの長屋の大家と知り合いで、また永坂町も弥之助親分の縄張りで松四郎とは顔見知りだったこともあったので、その作戦は難なく行われた。もしかしたらそうしても文字は松四郎のいる部屋の方の戸に浮かび上がるのではないか、という危惧《きぐ》もあったが、やってみるとちゃんと端の空き店の方に移ってくれたのである。

もちろん、それを確かめたのは留吉だ。そして、夜の五つまでであるが、死神がやって来るかどうかも、弥之助と吉兵衛の二人と一緒に留吉が見張ることに決まった。子供一人では寂しいので、忠次、銀太、新七のうちのもう一人が代わり番こで付き合うことにもなった。昨日は「おいらが行く」と言い張った銀太が、そして今日は忠次がその役目を担っている。

「……五つまでには、死神は来ないだろうなぁ」

忠次は小声で呟いた。粂蔵という人が前に死神に出遭った時に狙われた年寄りが亡くなったのは夜中だったようだ。夜の五つくらいではまだ宵《よい》の口で、死神が出歩くには早いような気がする。

「まだ時々出入りする人もいるし……」

仕事から帰ってきたり、湯屋に行ったりする者がたまに長屋の路地を行き来している。その中に実は死神が交じっている、なんてことは……あるまい。

「死神が来ても見えるのは留ちゃんだけだしな……」

それは初めから分かっていることだ。それに相手が相手だけに、忠次は決して見たいわけではない。さっきから呟いているのは見張りに飽きてきたからである。

「なぁ留ちゃん、暇だから将棋《しょうぎ》でも指そうよ」

部屋の中をきょろきょろと見回しながら忠次は言った。行灯《あんどん》に火を入れていないのでよく見えないが、どこかに将棋盤があることは分かっていた。昨日来た銀太もすぐに飽きてしまい、途中から弥之助と将棋を指していたと聞いている。

「どうせ死神もまだ……」

「しっ、ちょっと黙って。もしかしたら来たかもしれない」

「えぇぇ、そんなせっかちな死神が……」

いるわけないよ、という言葉を飲み込んで、忠次は窓の外へと目を移した。後ろにいた弥之助と吉兵衛もそばへと近寄ってきた。四人で窓枠に顔を並べる。

ちょうど人の出入りが途絶えたところで、路地には誰の姿もなかった。もちろん死神の姿も忠次の目には入らなかった。

だが、かすかではあるが、足音が忠次の耳へと入ってきた。その音に耳を傾けながら、忠次は横目で留吉の顔を覗き見た。

留吉の目は死神の姿をしっかりと捉えているようだった。

「松四郎さんの部屋の近くまで来た」留吉が囁《ささや》いた。「ただ真っ黒いだけの人に見える。体つきは男みたいだけど、顔なんかはまったく分からないや」

忠次は目を路地へと戻した。やはり誰の姿も見えなかった。ただ、足音だけは聞こえ続けている。

「あ、松四郎さんの部屋の前で立ち止まった」

留吉が言うと同時に、忠次の耳に届いていた足音も止まった。

「……それはまずいな」

弥之助が呟いたので忠次は頷いた。戸板を替えても、死神はやはり松四郎の部屋の方へと入ってしまうのだろうか。

忠次は息を殺して耳をそばだて、足音が再び動き出してくれるのを祈った。

「……あ、こっちに向かってまた歩き出した」

留吉が囁く。忠次の耳にも足音が聞こえてきた。弥之助と吉兵衛が小さく、ふうっ、と息を吐き出すのが聞こえた。この二人も息を止めていたようだ。

「端の部屋の前まで来た」

留吉が言い、足音がまた止まった。

「首を傾げているみたい。どうするつもりだろう」

再び忠次は息を殺した。他の三人が息をする音も聞こえてこないので、みんな同じようにして死神の次の動きを待っているようだった。

しばらくの間、留吉は黙ったままだった。死神は動きを止めているらしい。足音がないことから忠次にもそのことは分かった。

沈黙が続く。まったく息をしていないわけではないが、できるだけ抑えているので忠次は苦しくなった。このままではおいらの方が死んでしまう。いや、多分その前に大家さんが……などと思った時、ようやく留吉が囁いた。

「あ、戸を開けた」

忠次は目を凝らして端の部屋の戸口を見た。言われてみればかすかに戸を動かしたような音が聞こえた気もする。しかし目に入る景色はどこも変わっていなかった。

「……開いてないよ」

「ところがちゃんと開いてるんだよ。うまく言えないけど、本物の戸板に重なるように透けた戸板がもう一枚あってさ。真っ黒い男はそれを開けたんだ……あ、中に入っていく」

もちろん忠次には見えていない。部屋の中に入ったせいか音もよく聞こえてこなかった。

「あっ、もう出てきた」すぐにまた留吉が囁いた。「首を捻りながら路地を戻っていく。松四郎さんの部屋に入らなきゃいいけど」

忠次の耳にも、再び死神のものと思われる足音が届いてきた。それは松四郎の部屋の前で止まることなく、そのまま路地を遠ざかっていった。

「今、木戸口のそばだ。そのままくぐって……あっ、急に見えなくなった」

ふうっ、と吉兵衛が大きく息を吐き出した。それから息を吸ったが、勢いが良すぎたのか咳《せ》き込み始めた。

「大家さん、平気ですかい。何なら医者を……」

「ふん、儂《わし》なら心配いらないよ。それより弥之助、急いで松四郎さんの様子を見に行くんだ。留吉の話では、死神は部屋に入らず通り過ぎたようだが、中で何が起こっているか分からないからね」

「へい」

弥之助が素早く立ち上がって部屋を出ていった。梯子《はしご》段を下りる音が響き、続けて裏口の戸を開けて家から出ていく音が聞こえてくる。

窓の下に弥之助の姿が現れた。ちらりとこちらを見上げ、それから松四郎の部屋へと小走りで向かっていく。

部屋の前へ至ると、弥之助は声をかけてから戸を開けた。そのまま首だけ部屋に入れる。中にいる者と言葉を交わしているようだ。

忠次たちが様子を見守っていると、やがて弥之助の笑い声が聞こえてきた。

「どうやら松四郎さんは無事らしいな」

ほっとした声で吉兵衛が呟いた。忠次と留吉はお互いの顔を見ながら頷き合った。

弥之助が首を戻して戸を閉じた。こちらを向いて軽く手を挙げ、それから小走りで戻ってくる。しばらくすると、部屋に再び弥之助が入ってきた。

「松四郎さん、体の具合が急に良くなったそうですよ。腹が減ったから飯屋に行って、ついでに一杯ひっかけてこようとか言ってました」

「ふむ、それで笑っていたのか……ところで留吉、戸の障子に書かれていたという文字のことだが……」

「おいらも気になっているんだけど……」

留吉は正面から眺めたり横目で睨んだりと、色々と顔を動かしながら端の部屋の戸板を見ていたが、やがて静かに首を振った。

「今はごく当たり前の戸板が一枚あるだけみたい。さっきまではあの真っ黒い男が動かした、透けた戸が半分ほど開いたままになっていたんだけど、いつの間にか消えている」

「ふむ。そうなると、松四郎さんは助かったと考えていいな」

吉兵衛がにこりと笑った。しかしそれは一瞬のことで、すぐにしかめっ面になり、その顔を忠次と留吉の方へ向けた。

「お前たちのお蔭《かげ》で一人の命が救われた。これは素晴らしいことだ。銀太や新七も含めて、明日になったらしっかりと褒《ほ》めてやろうと思う。しかし、今回の話のきっかけになった出来事は感心できない。お前たちは今、不幸にも幽霊が分かってしまうようになっている。幽霊なんてものは人を恨んで出てくるのが大半だ。碌《ろく》なもんじゃないに決まっている。しかも今回は相手が死神と来ているから、危ない目に遭うということも十分に考えられる。それなのに、のこのこと見物に行くなんて愚か者のすることだ。見物される松四郎さんに対しても失礼だしな。そういうことを思うと……」

「ちょ、ちょっと待ってください、大家さん」

弥之助が慌てて口を挟んだ。少し驚いているような表情をしている。

「まさか今のこの流れで説教が始まるんですかい」

「信賞必罰《しんしょうひつばつ》。褒めるべきところはしっかりと褒め、叱るべきところはきっちりと叱らなければ駄目なんだよ。特にね、悪いことをした場合はすぐに叱らないといけない。時が経ってからだと自分が何を怒られているのか分からなくなる、なんてことがあるからね」

「犬じゃないんだから平気ですって。それに、辻斬りのことがありますからね。もう用が済んだんだから、この家の人に礼を言って、子供たちと一緒にさっさと溝猫長屋に帰った方がいいと思いますぜ」

「ああ、辻斬りか。その件もなかなか終わらないで、いつまでも騒いでいるな。だいたいね、それはお前たちが悪いからなんだよ。岡っ引きってやつは金になることは喜んでやるくせに、そういう一文にもならないことや、自分の身が危なくなりそうなことではまったく働こうとしない。だから辻斬りなんていう碌でもない輩《やから》がいつまでもうろついて……」

説教の矛先《ほこさき》が弥之助へと向かった。一応は助かったと忠次は胸を撫で下ろした。できるならばこうして弥之助が叱られている隙に、留吉と二人でこっそり帰ってしまいたいところだ。しかし辻斬りが出るかもしれないので、やはり弥之助に送ってもらわねばならない。困った話だ。

——まあ、大家さんから説教を食らうのは初めから分かっていたことだし。

とにもかくにも松四郎さんが死なずに済んだんだ。今回は良いことをしたな。

忠次は吉兵衛に分からないように窓の外へ顔を向け、にっこりと微笑んだ。

四

数日後、弥之助は溝猫長屋を訪れた。

木戸口をくぐり、奥へ行こうと路地を歩いていると、向こうから長屋に住んでいる子供たちが数人、にこにこしながら勢いよく走ってきた。どうしたのだろうと思いながらよく見ると、めいめい手に饅頭《まんじゅう》を持っている。どうやら奥で誰かにそれを貰《もら》い、部屋にいる母親に見せに行こうとしているところらしかった。

　そんな子供たちとすれ違い、物干し場や井戸がある一番奥までたどり着くと、まだ饅頭を受け取っていない子供たちが列を作っていた。配っているのは吉兵衛だ。その脇に忠次と銀太、新七、留吉の四人が立っている。饅頭を貰った子は、吉兵衛だけじゃなく、四人にも礼を言っているようだった。

　最後の子が饅頭を受け取って自分の部屋へと走っていくのを弥之助は見届けた。後に残ったのは吉兵衛と、忠次たち四人の年長の男の子だけだった。

「大家さん、これはいったい何の騒ぎですかい」

「ああ、弥之助か。この間の死神の件でね、この子たちに何か菓子でも買ってやろうと思ったんだが、自分たちだけが貰うわけにはいかない、小さい饅頭でもいいから長屋にいる子供たちみんなにあげてくれと言われたんだよ」

「へえ。お前たち、偉いな」

　弥之助が褒めると、留吉が当然のことだと言わんばかりに、にこりともせずに頷いた。

「おいらだけ貰ったことがばれると、弟や妹がうるさいからね。こうした方が、後々面倒がなくていいんだ」

「ふうん、兄弟が多いと大変だな。他の者は、文句はないのかい」

「まあ、今回の件で一番働いたのは留ちゃんだからさ」忠次が返事をする。「おいらは足音を聞いただけだし、新ちゃんは冷えた臭いを嗅いだだけ。銀ちゃんに至っては何もしていないんだから、留ちゃんがそうしろって言うことに文句はないよ」

新七がうんうんと頷く。銀太は一瞬だけむすっとした顔をしたが、手にした饅頭に目を落として、すぐに表情を緩めた。

「おいらは食い物が貰えるなら何でもいいよ」

「そうか。銀太は幸せだな」弥之助は半ば呆れながら溜息を吐いた。「お前たちはまだ子供だから、他所《よそ》様から物を貰ったらそのことをちゃんと親に告げなくてはいけない。他の子供がしているようにな。大家さんに饅頭を貰ったと知らせに行って、それから十分に味わって食べてくれ」

四人の男の子たちは大きな声で「はい」と返事をして、自分たちの家の方へと戻って行った。その後ろ姿を見送ってから、弥之助は吉兵衛へと顔を向けた。

「大家さんもちょっとした散財でしたねぇ」

「なに、構わないよ。たいした銭ではないからね。それに今回の件でもっとも喜ばしいのは、もちろん松四郎さんの命が助かったことだが、大家の儂としては、あの子たちがそのために、叱られるのを覚悟で儂の元に相談に来たことの方が大きくてね。幽霊に遭いに行ったり、死神に目を付けられた男を見に行ったりと、かなり向こう見ずな連中だが、こそこそとするようなことがない点は立派だと思うよ。銀太はまだちょっと怪しいが、それでも、なかなかいい子に育ったと言えるんじゃないかな」

「私としては、その向こう見ずなところこそあの連中の良い点だと感じるんですが、まあ、大家さんとしては面白がってもいられないでしょうからね。おっしゃる通りだと思います。あの子たちも饅頭を貰えて喜んでいるみたいですが、それ以上に松四郎さんの命が救えたということを喜び、誇りに感じていると思いますよ」

「もちろんその通りだ」

「ええ、だからこそ……ううん、参ったなぁ」

弥之助は空を見上げ、また溜息を吐いた。

「なんだね、何か悪い知らせでもあるのかね」

「ええ、そうなんです。近頃ずっと江戸を騒がしている辻斬りの件なんですけどね。とうとうこの近くに出たんですよ。と言っても古川の向こう側の目黒《めぐろ》ですけど。一人の男が斬り殺されているのが今朝になって見つかりまして。昨夜殺されたようなんですが、その手口や斬られた傷の跡から、どうやら例の辻斬りの仕業《しわざ》らしいとなったんです」

「なんだね、そういうことならあの連中のいるうちに話してくれれば良かったのに。子供だけで遠くへ出歩かないようにとか、暗くなる前に帰るようにとか、また集めて告げねばならないじゃないか」

「はあ、申しわけありません。昨夜の辻斬りのことを根掘り葉掘り訊かれたら困ると思ったものですから。何しろ斬られたのが、永坂町に住む鋳掛屋の男でして……」

「お、おい。まさか……」

弥之助は深く頷いた。

「そのまさかです。松四郎さんなんですよ。あの後、体の具合がすっかり良くなって、仕事に遊びにと跳び回っていたようなんです。昨夜は目黒不動の門前にある料理屋で仲間と飲み食いをしていたみたいでしてね。で、その帰りに仲間と別れ、一人になったところを斬られたと、そういうことらしいです」

「なんてことだよ……」

今度は吉兵衛が空を仰いで溜息を吐いた。

「なるほど、それは確かに、あの子たちには話しづらいな。自分たちが死神の手から救ったはずの男が、結局は死んでしまったのだから。いずれは耳に入ってしまうかもしれないが、このことはしばらく、あの子たちには知らせないでおいた方がいいだろう」

「そうですね。私もそう思います。それでは辻斬りの件で忙しいので、私はこれで」

まったく苦々しい結末になったものだと思いながら、弥之助は吉兵衛に背を向けた。路地を歩きながら考えを巡らす。

子供たちから聞いたところによると、粂蔵という男が前に死神に遭った時、死神が道を訊ねた先に住んでいた年寄りは急な病で亡くなったらしい。少なくとも周りの者の目にはそのように見えたようだ。そして今回の松四郎も、もし子供たちが救おうとしなければ、病で死んだということになっていただろう。そのことから考えると、死神と辻斬りは関わりがないように思える。松四郎は死神の手からは逃れたが、その後でたまたま運悪く辻斬りに遭ってしまい、命を落としてしまったのだ。

だが一方で、人間には定められた寿命というものがあって、どうあがいてもそれからは逃れられないのだ、という気もしてしまう。つまり松四郎は、実は死神から逃れられてはいなかったのだ。死というものはすべて死神のもたらすものなのだと大きく捉えたならば、そういう考え方もできるだろう。

果たして真実はどちらなのだろうか。

――ううん、分からないな。

いくら考えても答えは出まい。もし分かる時があるとすれば、それは自分が死ぬ時だろう。

――それならば、他のことに頭を使った方がいいな。

今の自分が考えなくてはいけないのは、辻斬りの件である。すでに何人もの人間を斬り殺している。かなり腕が立つのは間違いない。捕らえるためにはその者と対峙《たいじ》しなければならないわけだが……嫌だな。

溝猫長屋の木戸口を出た少し先で立ち止まり、弥之助は後ろを振り返った。やはり命は惜しいから、自分はそこまで向こう見ずにはなれない。そう思うとあの連中は本当にたいしたものだ、と改めて感心した。

赤子の群れ

一

「案外とね、柄杓《ひしゃく》のやつが強い気がするんだよ、おいらは」

「いや、筮竹《ぜいちく》も侮れないよ。あいつは頭が良いから、弱いと見せかけといて実は……」

「頭の良さなら手斧《ちょうな》の方が上だろう。まあ、強くはないだろうけど」

「みんな色々と言うけどさ、結局は四方柾《しほうまさ》が一番なんだよ」

忠次、銀太、新七、留吉の四人は、溝猫《どぶねこ》長屋にいる猫たちの、強さについて言い争っている。

今日は朝から穏やかな日和《ひより》でほとんど風がなく、お蔭《かげ》で落ち葉が少なかったので掃《は》き掃除《そうじ》が早く終わった。それでのんびりとした気分で長屋の一番奥の、いつも遊んでいる場所へとやって来ると、すべての猫が集まっていた。お多恵ちゃんの祠《ほこら》のそばで伸びをしていたり、井戸端で背中を掻《か》いていたり、屋根の上で寝ていたりと点々としているが、目に入る所にみんないる。

これは珍しいことだった。何しろこの長屋には、名前の出た柄杓、笊竹、手斧、四方柾の他にも、羊羹《ようかん》、金鍔《きんつば》、蛇《じゃ》の目《め》、釣瓶《つるべ》、弓張《ゆみはり》、菜種、しっぽく、花巻、あられ、柿《こけら》、玉、石見《いわみ》と、実に十六匹もの猫が棲みついているのだ。さすがに数が多いので、餌《えさ》の時を除くとたいてい数匹はどこかへ行って姿が見えないのが常なのである。

そこで四人は猫を眺めながら、あいつは愛想がいいだの、やつは食い意地が張っているだのと喋《しゃべ》り始めた。そうしているうちに、ここの猫たちはよく互いにじゃれ合っているが、それでいて本気で喧嘩《けんか》している場面を見た覚えがないことに子供たちは気づいた。そのため話は「四方柾が親分猫ということになっているが、本当にそうなのだろうか」ということに移っている。

「四方柾はいつも屋根の上にいるだろう。一番高い所に陣取る猫が一番強い猫なんだよ。だからあいつが親分で間違いない」

四方柾を強く推しているのは銀太だ。名付けたのが自分の父親だからというのもあるようで、同じく父親が名付け親の、玉が二番目に強いと言い張っている。

「いや、四方柾はいつも寝てばかりいる。ただの怠《なま》け者なんじゃないの。それなら柄杓の方が上だと思うな。あいつはすばしこいんだ。猫の喧嘩は動きの速いやつが勝つ気がする」

四人の中ではもっとも小柄で、それゆえに身の軽さが自慢の留吉は、さっきから柄杓の名を挙げている。

「速いだけじゃなくて、ふと気づくといつの間にか背後にいたりする。まるで忍びだ」

「猫なんてみんなそうじゃないか。だいたいさ、いくら動きが速くたって、ばしっと前足で重い一撃を食らわせれば終わりだよ。だから四方柾の方が上だ。あいつは体が大きいから」

「ただ太っているだけじゃないか」

「それこそがまさに親分猫の証《あかし》であって……」

「いや、違うよ」新七が二人の言い争いに割って入った。「結局は頭の良いやつが最後に残るんだよ。俺は笹竹を推すね。夏頃の話だけど、突然やつがうちの店に入ってきて、にゃあにゃあと騒いだんだよ。ちょうど俺は手伝いをしていて店にいたんだけど、あまりにうるさいから追い払うように言われたんだ。それで俺が店の土間に下りたら、笊竹はすっと表に出てこっちを振り向いた。まるでついて来いと言っているようでさ、不思議に思って笊竹の後ろからついて行ったら、すぐそこの角の向こうでお婆《ばあ》さんがうずくまっていたんだよ。隣町の味噌屋のお婆さんだったんだけど、暑さで頭がくらくらしたそうなんだ。うちの店に連れてきて、水を飲んで少し休んだら元気になったんだけど、笊竹がいなかったらどうなっていたか分からないね。うん、あいつは頭の良い猫だ」

「へえ、そりゃたいしたもんだ……だけど、それと喧嘩の強さはまったく別だよ。やっぱり喧嘩は力のある者が勝つし、それなら体が大きい方がいい。四方柾だね」

「いいや、猫の喧嘩は動きの速さがものを言う。柄杓だよ」

「そういう連中が互いに潰《つぶ》し合って、最後は頭の良いやつが残るんだ。なあ忠ちゃんもそう思うだろう」

「え、いや……どうかな」

忠次は口ごもった。正直な話、猫の強さにはあまり興味がなかった。喧嘩が弱くても可愛《かわい》い猫の方がいい。それなら愛想の良くて、目が合うと必ず「にゃあ」と挨拶《あいさつ》してくれる手斧が一番だ、などと考えていたところだった。

「ううん、ここの猫は仲が良いからね。たまに夜中に喧嘩をしているような声もするけど、すぐに終わっちゃうし、その争っているところを実際に見たことがないから、おいらには分からないよ。どれが一番強いのかも、それに弱いのかも」

「弱いやつかぁ」

銀太と新七、留吉の目が、お多恵ちゃんの祠のそば、井戸端、屋根の上などへと動いた。今度は溝猫長屋で一番喧嘩の弱い猫を考えているらしい。

しばらくすると、忠次を加えた四人の目が一斉《いっせい》に、長屋の建物の縁の下で寝そべっている一匹へと注がれた。

「あいつが一番弱そうだな」

「間違いないよ。他のやつと争うことが一切ないからね。喧嘩をする姿が思い浮かばない」

「でも、体はどの猫より大きいぜ」

「そりゃそうだよ。あいつは犬なんだから」

子供たちから見つめられた野良太郎がのろのろと縁の下から這《は》い出し、「遊んでくれるの？」という風に嬉《うれ》しそうな顔をした。

「……本気で猫と喧嘩をしたら野良太郎が勝つんだろうけどな」

だが、決して猫をいじめてはいけないと吉兵衛から躾《しつ》けられているので、野良太郎が猫に対して牙《きば》を剝《む》くことはない。一方で猫の方はそんなことお構いなしなので、例えば餌を食べている時に野良太郎がふらふらと近づくと、その鼻先を引っ搔いたりする。そんな時でも野良太郎は吉兵衛の言いつけを守り、何もせずにすごすごと引き上げるのだ。

「猫の話だったけど、犬だからと言って一匹だけ仲間外れにするのは可哀想だよね……ということで、うちで一番弱いのは野良太郎で決まりだ」

銀太が言うと、他の三人も大きく頷《うなず》いた。当の野良太郎は馬鹿にされているとは露《つゆ》とも思わないようで、とにかく構ってもらえそうだと尾を振りながら近づいてきた。

ところが、野良太郎は途中で立ち止まり、ぱっと顔を横へ向けた。ちょうど長屋の路地の前に来たところだ。どうやら木戸口から誰かが入ってきたらしかった。しかし忠次たちがいる場所からは建物の角に隠れて、誰が来たのか分からなかった。

野良太郎は木戸口の方へ体を向けて、ますます大きく尾を振った。その様子から、長屋で一番偉い大家の吉兵衛がやって来たに違いないと考えた子供たちは、近頃何か叱られるようなことをしただろうかと顔を強張《こわば》らせながら、その人が現れるのを待った。

「……あら野良ちゃん、お出迎えしてくれたのね。偉いわ」

やがて姿を現したのは吉兵衛ではなく、お紺だった。子供たちはほっと息を吐く。

「お紺ちゃん……いつの間に野良太郎を手懐《てなず》けたの？」

「嫌な言い方をするわね。まるであたしが食べ物か何かで無理やり懐《なつ》かせたみたいじゃないの。そんなことはしないわよ。犬や猫は言葉が喋れない分、人の心が分かるの。きっと野良ちゃんは、あたしの心根の優しさを見抜いて、それでこうして……」

忠次たちは顔を見合わせるとともに一斉に首を振った。そのようなことがあるはずがない。何しろ相手は死神よりたちの悪い鬼のお紺なのだ。野良太郎はきっと、「この人に逆らってはいけない」と犬の勘で感じ取り、尾を振って恭順の意を示しているだけに決まっている。

「……まあ、あんたたちには分からないことだから、どうでもいいわ」

お紺はいかに己の心が美しいかをそのまままつらつらと述べようとしていたが、忠次たちの冷ややかな様子を感じ取ったようで、そこで言葉を止めて辺りを見回した。

「ふん、女の子たちはお多恵ちゃんの祠の近くで可愛らしく遊んでいて、あんたたちを除いた男の子たちは、広い所で竹とんぼを飛ばしている、と。別に危ないことはしていないし、留吉ちゃんも近頃は弟たちの見張りをしなくても構わなくなっているらしいから、あんたたちはここにいなくてもいいわね」

「うん、そうだけど……」

忠次は身構えた。間違いなくお紺は、またお化けの話をどこかから仕入れてきて、そこへ自分たちを連れていこうとしている。

ここ二回の順番を考えると、次にお化けを見る羽目になるのは忠次だ。どうせ見てしまうのなら早く済ませた方がいいが、とんでもない怨霊《おんりょう》に当たったら大変だから、ほいほいとついて行くわけにもいかない。慎重に選ばなければまずいことになる。

「……話だけは聞くけど、一緒に行けるとは限らないよ。おいらたち、長屋の周りを離れてはいけないと大家さんに言われているんだよね。辻斬《つじぎ》りのことがあるから」

これは嘘ではない。吉兵衛からかなり厳しく言い渡されているので、ここ数日、溝猫長屋の子供たちは手習所へ行く他はほとんど長屋に引きこもっている。だから忠次たちは、あの死神の件で、松四郎という人があの後ちゃんと元気になったかどうか知りたいと思っていたが、まだ様子を見に行けないでいた。

「確かに辻斬りのことは心配ね」お紺は頷いた。「暗くなる前に帰ってこなければいけないわね。でも、幸い今日あたしが持ってきた話はすぐ近くだから安心していいわ。四之橋《しのはし》の手前の本村町《ほんむらちょう》よ。あの辺りにお寺さんがいくつかあるけど、そのその雑木林に出たらしいの。それと忠次ちゃんは、あまりにもおっかないお化けだったら嫌だと思っているかもしれないけど、出るのは赤ん坊のお化けらしいわ。だからその点も平気ね。ただ、ちょっと数が多いみたいだけど」

「えぇぇ……」

「とにかく秋は日が暮れるのが早いから、歩きながら話すわ。じゃあ行きましょう」

「ちょ、ちょっと待って……」

忠次は慌《あわ》てて手を前に伸ばしてお紺を止めようとした。だがもちろんお紺はそんな声など聞こうとせず、さっさと行ってしまった。それならと他の者を引き留めようとしたが、今回は見る順番ではないと分かっている新七と留吉、そして何でもいいから幽霊を感じて仲間外れから逃れたい銀太の三人も、忠次のことを気にもかけず、軽い足取りでお紺について行った。

——そんなぁ……。

たくさんの赤ん坊のお化けが出る雑木林。それのどこが平気だというのか。もしそんなのが迫ってきたら、死神なんかよりよほど怖いではないか。

参ったなぁ、と思いながら忠次はぼんやりと顔を上へ向けた。屋根の上にいる四方柾が、じとっとした目でこちらを見下ろしていた。

二

「……吾助《ごすけ》さんっていう人の身に起こった出来事らしいのよ。この人はでいでい屋さん……つまり雪駄《せった》直しの仕事をしている人だけど、本村町を歩き回っている時に、急にお腹が痛くなったんですって。しかも、近くのおうちとか長屋へ行っている場合じゃないくらい差し迫っちゃったらしいのよ」

「つまり、厠《かわや》を借りている間もないほど糞《くそ》を漏《も》らす寸前になったと」

「あのねぇ、銀太ちゃん、あたしのような育ちの良い乙女の前で、そんな言葉を使わないでくれるかしら。とにかくそういうわけで慌てて周りを見たら、ちょうど横が雑木林だったそうなの。下の方は丈の高い草が生えていて姿も隠せそうだったので、吾助さんはこれ幸いと中に分け入ったのね。かなり切羽詰まっていたけど、それでもあまり通りのそばでするのも気が引けるから、お腹の痛みを我慢しながら少し奥へと進んだんですって。そうしたら……」

突然、ぽっかりと開けた場所に出た。草こそぼうぼうと茂ってはいるが、そこだけ木がまったく生えていない。

ここは何だろうと思いながら吾助は辺りを見回した。するとその開けた場所の隅に、ほとんど草に覆《おお》われてしまっている井戸があるのが目に入った。今では使われていないようで蓋《ふた》がしてあったが、それを見た吾助は、そこに以前、家が建っていたことを思い出した。雪駄直しの仕事を始めたばかりの頃、何度か用を伺《うかが》ったことがあった。

だが、その家もいつしか人が住まなくなり、吾助も足を向けなくなっていた。どうやらいつの間にか建物も取り壊されて更地になり、こうして草が生えているだけの土地になっていたらしい。

あの家に住んでいた人はどうしているだろう、と少し思ったが、今はそんなことを考えている場合ではないと、吾助は下帯《したおび》を解き始めた。

その時、不意に周りの草ががさがさと動き出した。生い茂る草の中を何かが凄《すご》い勢いで這い回っている。そんな感じのする動き方だった。

初めは吾助も、狸《たぬき》か何かだろうと考えた。しかし、それにしては様子がおかしい。人の気配を感じたならじっとして身を隠すか、逃げていくかするだろう。

しかも一匹や二匹ではない。吾助を取り囲むように、周り中の草が揺れている。吾助は手を止め、息を呑《の》んでその様子を見守った。

「……すると今度は、四方八方から赤ん坊の泣き声が聞こえてきたんですって。草に隠れて相手の姿は見えないけれど、吾助さんは物凄い速さで這い回る赤ん坊に囲まれていたわけよ。これはもう、用を足すどころじゃないわよね。吾助さんは途中まで解いた下帯を引きずるようにして、その場から逃げ出したの。そうしたら、何人もの赤ん坊が吾助さんの足や下帯に絡みつくように襲ってきたそうよ。吾助さんは這《ほ》う這《ほ》うの体《てい》で、足から血を垂らしながら雑木林から出て……」

「垂らしたのは血だけじゃなくて、糞も……」

「だから、そういう品のない言葉をあたしの前で使うなと言っているでしょう。銀太ちゃんはしばらく黙っていなさい。とにかく吾助さんは足のあちこちから血を出しながら、家まで帰ったのよ……ということで、ここがその場所らしいわ」

お紺は腕を伸ばして傍らにある雑木林を指し示しながら留吉を見た。

「この中で吾助さんは赤ん坊のお化けに襲われたのよ。何か感じるかしら」

留吉が鼻を動かし始める。今回は恐らく見る番であろう忠次も念のために辺りを嗅《か》いでみたが、特にこれと言っておかしな臭いは感じなかった。やはり俺は見る番なのか、とぐったりした気分になりながら留吉に目を向ける。

「……うん、これは何かが腐った臭いだね。前に嗅いだ死体の臭いに近いけど、その時よりは臭いが弱いかな」

さすがに少し顔をしかめてはいるが、留吉の声は落ち着いていた。決して平気なわけではないが、この手の臭いを何度も嗅いでいるので、ある程度は慣れてしまったようだ。

「あたしには何も感じられないってことは、やっぱりここには何かいるのね。新七ちゃんはどうかしら」

新七は耳の後ろに手を当てて辺りの音をじっと聞いていたが、お紺に問われるとその手を外し、静かに首を振った。

「草が揺れ動く音が聞こえるけど、何かがいるのか、それとも風のせいなのかは分からない」

「ふうん、そう。あたしにはその草の音すら聞こえないけど。それに今日は朝からほとんど風がないし。でも、かすかに吹いているのかもしれないわね……それじゃあ、本当にそうなのかどうか確かめに行きましょうか」

「ちょ、ちょっと待って……」

　忠次は慌ててお紺を止めようとした。他の者には感じられない嫌な臭いを留吉が感じているのだから、ここに何かがいるのは決まったようなものだ。それなのにわざわざ雑木林に入っていくなんて、とても正気の沙汰《さた》とは思えない……などと言おうと思ったが、それより早くお紺は草を搔き分けて林の奥へと進んでしまった。鼻を動かしながら留吉が、そして耳の後ろに手を当てながら新七が後ろからついて行く。「もしかしたらおいらが見るかも」などと言いながら、やけに軽い足取りで銀太も後に続いた。

　――まあ、そうだよな。

　一人だけ残された忠次は溜息《ためいき》を吐《つ》きながら、澄《す》み切った秋の空を仰いだ。溝猫長屋にお紺が姿を現した時から、こうなることは分かっていた。このまま自分だけ逃げる、などという考えはない。

　――だけど、赤ん坊のお化けかぁ。

　しかもたくさんいて、這い回って襲ってくるという。これはかなり怖い。それに言葉が通じないことを考えると、何を言っても聞く耳を持たないお紺並みに始末が悪い相手だ。

　再び溜息を吐いてから首を振り、忠次は重い足取りで雑木林へと足を踏み入れた。

三

雑木林に足を踏み入れた忠次が少し奥の開けた場所にたどり着くと、先に来ていた四人はばらばらになっていて、それぞれが違ったことをしていた。

留吉は真ん中辺りの草の丈が短くなっている所にいて、あちこちに顔を向けて必死に周りの臭いを嗅いでいた。恐らく臭いの元を探っているものと思われた。

新七は留吉に近い所に立ってじっとしている。こちらは多分、耳をそばだてているのだろう。その様子からはまだ、おかしな物音や声は聞こえていないように感じられた。

銀太はと言うと、こちらは二人の周囲のやや丈の長い草の間を歩き回っていた。赤ん坊のお化けを探しているようだ。もちろん何かを見つけたという様子は見受けられなかった。

そしてお紺は三人から少し離れ、この開けた場所の隅の方にいた。草を掻き分けているところを見ると、やはり何か探しているみたいだ。まさか銀太と同じく赤ん坊のお化けを見つけようとしているのだろうか、と思いながら眺めていると、お紺は「あった、あった」と声を上げて草を手で払った。するとその下から木の枠のようなものが出てきた。どうやらお紺は、吾助という人が言っていた井戸を探していたらしい。

——さて、おいらも行かなけりゃな。

忠次は辺りに目を配りながら、ゆっくりと留吉と新七が立っている方へ近づいた。今のところはまだ何も目に入ってきてはいない。

「……どう、留ちゃん」

忠次は二人の間に立ち、音を探っている新七を気にしながら、まず留吉の方へ小声で訊《たず》ねてみた。するとすぐに留吉は首を振った。

「ずっと臭いは続いているんだけど、どこから漂ってきているのかは分からないんだ」

「ふうん……あっ」

目の端で何か動いたので、忠次は慌ててそちらを見た。

ざっ、ざっ、と足で草を分けながら銀太が通り過ぎていった。

——銀ちゃん……目障りだな。

忠次は顔をしかめながら銀太の動きを目で追った。新七が立っているその向こう側を銀太が歩いていく。少し顔を上げると新七がこちらを見ていて、目が合うとやはり首を振った。

「さっきから耳を澄ましているんだけど、周りを歩く音がうるさくて、お化けの方はよく分からないんだよ。まったく銀ちゃんと来たら……耳障りだ」

新七はむすっとした顔で銀太の方を見た。忠次もそちらへと目を戻す。二人から冷たい目を向けられているとも知らず、銀太は夢中になって赤ん坊のお化けを探しながら、留吉の向こう側へと回っていった。

「ただ、まだ赤ん坊の泣き声が聞こえてこないのだけは確かだ」

「ふうん……」

少しだけほっとしながら、忠次は辺りをきょろきょろと見た。また前の方に銀太が戻ってきたので、ちっ、と舌打ちしながら睨《にら》みつける。

――おや？

すっ、と妙なものが通り過ぎた気がした。銀太の足元だ。白っぽい何かが銀太のすぐ後ろをついて行ったように見えた。

だが、それもすぐに草の陰に隠れて分からなくなった。一瞬のことだったので、気のせいだと言ってしまえばそれまでだ。しかし……。

右手の方で草が揺れた。忠次はぱっとそちらへ顔を向ける。するとまた何かが動いて草の陰へと消えた。

さっき見たものとは色が違った。もう少し茶色っぽかった。そして、まだらに黒い点々が付いていた。

――留ちゃんは、前に嗅いだ死体の臭いに近いと言っていたけど。

それなら腐った赤ん坊が動き回っているのだろうか。それは嫌だな……。

もうこれ以上、出てこないでくれよ、と忠次は祈った。だが、その願いも虚しく、今度は別の場所で再び草が揺れた。

そちらを見る。また何かが草の陰を通り過ぎた。色はさっきより濃い。別のものだ。

「……風が出てきたのかな。やたらと草が動くようになってきた」

横で留吉が呟《つぶや》いた。忠次に見えているものは、留吉の目には入っていないようだ。

ただ、さすがに草が揺れ動くのは分かっているらしい。

「風のせいかもしれないけど、臭いが強くなってきたかも」

留吉は、忠次の方へ顔を向けて鼻をつまんでみせた。その背後の草の陰を、ぱっと何かが行き過ぎる。

――あれ、もしかして……。

囲まれているかもしれない。忠次はぐるりと首を巡らして周囲を見回した。いつの間にか、周り中の草がかさかさと音を立てて揺れていた。

「うわぁっ」

突然、新七が耳を押さえて座り込んだ。同時に、辺りの草の動きが激しくなった。

「新ちゃん、どうしたの？」

きょろきょろと目を動かしながら忠次は大声で新七に訊ねた。

「鳴き声だよ。一斉に鳴き始めたからびっくりしたんだ」

「赤ん坊が泣き始めたの？」

「違う、赤ん坊じゃない」

新七は立ち上がり、耳を塞《ふさ》いでいた手をそっとどけた。その途端、うっ、と呻《うめ》いたのでまだ声が聞こえているのだと分かった。

「……吾助って人は多分、聞き慣れていないから間違えたんだな。それにいきなりだったから怖かったせいもあるだろうし。でも俺は騙《だま》せない。たまに聞く声だからね」

新七は一人で納得して、うんうんと頷いている。

「どういうこと？」

「俺たちを取り囲んでいるのは赤ん坊じゃない。猫だよ。怒っている猫の唸《うな》り声が周り中でしているんだ。その様子だと、聞こえているのは俺だけみたいだな。ということは、生きている猫ではないってことだ。俺たちは今、化け猫に囲まれているんだよ」

　新七が告げると同時に、がさっと目の前の草が大きく揺れた。ついに忠次の目が、そのものの姿をはっきりと捉《とら》える。

　現れたのは、薄汚れた白猫だった。頭の形が妙だ。半分ほど抉《えぐ》れている。

　今度は忠次の背後から茶色い猫がひょこひょこと現れた。黒いまだら模様だと一瞬だけ思ったが、すぐに違うと気づいた。体のあちこちが傷だらけで、そこから流れ出た血が固まっているのだ。それにこの猫は、脚もあらぬ方へと向いていた。

　次に脇の方から黒っぽい猫が出てくる。これはそっぽを向いていた。なぜなら首がねじ曲がっているからだ。

　その他の場所からも次々と異形《いぎょう》の猫たちが現れて、三人を取り囲んだ。忠次の耳には聞こえないが、口々に唸り声を上げているように見えた。恐らく、こんな目に遭わせた何者かへの恨み節を呻いているのだろう。

　最初に姿を見せた白猫が、ばっと跳び上がって留吉のすぐ足下に下りた。そして前脚で留吉の足を引っ掻き、すぐに跳び退《すさ》って元の場所へ戻った。

「痛っ、何だ？」

留吉が驚いた顔でしゃがみこみ、自分の足を手で押さえた。何が起こったのか分かっていないようだった。見えていないのだから当然だ。

「化け猫にやられたんだろう。俺は音や声しか分からないけど、動いたのは分かった」

そう留吉に告げた新七が、黒っぽいやつに引っ掻かれてうずくまった。忠次には見えていたので教えてあげられれば良かったが、速すぎてとても無理だった。

それに、ほぼ同時に忠次も襲われていた。しかし忠次は目で捉えていたし、迫ってきたのが脚の折れ曲がったやつで動きが鈍かったから何とか避けられた。

だが、かえってそれがまずかった。周りにいた猫の目が一斉に忠次へと向けられたのだ。どうやらこいつは手強そうだと思われてしまったらしい。

猫たちがゆっくりと周りを回り始めた。襲う隙を狙っているらしかった。数が多く、どれが襲ってくるか分からないので、忠次は恐れおののいた。

ちょうど目の前にいた猫が、忠次の顔を見ながら動きを止めた。こいつが襲ってくるのか、と思った忠次は片足を半歩下げて身構えた。

その後ろに下げた足のふくらはぎに痛みが走った。すぐ脇を一際《ひときわ》大きな猫が通り過ぎる。そいつに後ろから襲われたのだった。

忠次の足を傷つけたのは、白黒のまだら模様の雄猫だった。こいつも頭が半分潰れていたが、体は立派だった。化け猫たちの親分かもしれない。

大きな白黒猫は忠次の方を振り返り、くわっと口を開いて牙を剥いた。そして、再び襲いかからんと姿勢を低くした。やられる、と忠次は思わず目をつぶった。

「あっ、おいらにも見えた」

突然、留吉が大きな声を上げた。続けて新七も声を出す。

「俺にも見えて……いや、あいつは……」

足元を風が通り過ぎた気配がして、忠次は目を開けた。

茶虎の猫の背中が見えた。その猫は、忠次を襲おうとしていた白黒猫へとまっすぐに向かっていき、勢いよく飛びかかった。

けりは一瞬でついた。白黒猫は敗走し、茶虎がそれを追いかけていく。周りにいた他の化け猫も、蜘蛛《くも》の子を散らすように周りの草の陰へと姿を消した。

「……あいつは四方柾だ。俺たちにも見えるはずだよ。生きているんだから」

新七が言って、ふうっ、と息を吐き出した。そして辺りを見回しながら首を傾げた。

「急に鳴き声が消えたな。草の揺れも止まった。よく分からないけど、とにかく終わったらしいな……忠ちゃんにはすべて見えていたんだよね。いったい何が起こったの?」

「四方柾に助けられたんだよ。猫同士だからか、あいつには化け猫たちが見えていたみたいだ。おいらたち、頭が潰れたのや脚が折れ曲がった化け猫たちに囲まれていたんだけど、中に一際大きな、親分猫らしき白黒猫がいてさ。四方柾はまっすぐそいつに向かっていった」

一番強そうなやつに狙いを定めるのは、一人で大勢を相手にする時の喧嘩の常道だ……と忠次は聞いている。もっとも忠次はそんな喧嘩はしたことがない。しかし四方柾は、きっと喧嘩慣れしているのだろう。

「おいら、猫同士の本気の喧嘩を初めて見たよ。きっと前脚でばしばし叩き合うんだろうなって思っていたけど、まったく違った。四方柾のやつ、飛びかかるとまず相手の背後を取って、前脚をぐるりと白黒猫の首に回したんだ。抱きかかえるようにね。そして相手の耳に嚙《か》みついた。そいつは半分頭が潰れた化け猫だったんだけど、残っている方の耳にさ。それから、それと同時に後ろ足で何度も相手の腹を蹴ったんだ。ああ、体を捻《ひね》って耳を嚙み千切《ちぎ》ろうともしていたかも」

一瞬のことだったから間違っていたり、見逃していたりするのがあるかもしれない。だが、とにかく短い間に幾つもの攻撃を繰り出したのは確かだ。

「白黒猫は逃げ出して、それを四方柾は追いかけていった。それを見た他の猫も逃げるようにいなくなったんだ」

「ふうん。俺には四方柾が一匹だけでぐるんと回って、それから向こうへ走っていったように見えたけど、そんなことが行われていたのか。それで、四方柾のやつはどこへ……」

目の前の草ががさがさと揺れた。また化け猫が現れたのかと、忠次たち三人は顔を強張らせながら身構えた。

草が分かれ、その向こう側から一匹の猫が悠然《ゆうぜん》と姿を現した。

四方柾だった。この溝猫長屋の茶虎の猫は、ゆったりとした足取りで三人の前を通り過ぎ、振り向きもせず反対側の草の陰へと消えていった。

「……長屋へ帰るみたいだな。それにしてもすごい貫禄だ。さすが親分猫と言われるだけのことはある」

新七の呟きに忠次は大きく頷いた。溝猫長屋で一番強い猫は間違いなく四方柾だ。

それなのに今日、長屋で疑うようなことを言い合って悪かったな、と忠次は四方柾の去っていった方に向かって頭を下げた。

「……あら、終わったみたいね」

忠次が頭を上げると、お紺がいつの間にかすぐそばに立っていた。子供たち三人の足を見下ろしている。

「血が出ているから、長屋に戻って足を洗った方がよさそうね。それで、いったい何が出てきたのかしら。あたしにはあんたたちが跳び上がったりうずくまったりと、変な踊りをしているようにしか見えなかったけど。やっぱり赤ん坊のお化けだった？」

「いや、たくさんの猫のお化けだったよ。吾助さんって人は猫の唸り声を赤ん坊の声と間違えたんだろうね」

「ふうん」つまらなそうな声でお紺は返事をした。「赤ん坊の方が怖そうなのに残念だわ」

「猫だって怖かったよ。頭の潰れたのや脚が折れたやつばかりで、そいつらがおいらたちを取り囲んで牙を剝いたんだ。中にすごく大きな白黒猫がいて……」

「もちろん猫だからいいって言っているわけじゃないわよ。あたしが思うに、多分このどこかに猫の骸《むくろ》がたくさん捨てられている場所があるんでしょう。でも、草を掻き分けて歩き回っていた銀太ちゃんに訊《き》いても、妙なものは落ちていないって言うしそう言えば銀太はどこへ行ったんだろう、と思って忠次は辺りを見回した。すると奥の雑木林の木々の間を、下を向いて歩いている銀太の姿が見えた。こちらに猫のお化けが出たと知らず、まだ赤ん坊のお化けを求めてさまよっているようだ。

「……飼っている猫に子猫が何匹も生まれた時に、泣く泣く始末することもあるでしょう。可哀想だけど、放っておくとどんどん増えちゃうんだから仕方がないのかもしれない。だけど、忠次ちゃんの話を聞くと、どうもそういう猫たちではないみたいね。大きいのも混じっているみたいだし。楽しみとして猫を殺している人がいる気がするわ」

お紺はすっと険しい目つきになり、この開けた場所の隅の方を睨むように見た。そこには草に半ば覆われるようにして、蓋をされた井戸が覗《のぞ》いている。

「……もし猫の骸があるとしたら、あの中でしょうね。今はもう使われていないから、ちょうどよいと考えて捨てたのでしょう。世の中には色々な人がいるから、中にはそういう人がいても不思議はないわ。だけど、何ていうか、まったく……糞っ垂れだわ」

お紺は吐き捨てるように言った。育ちが良いとか箱入り娘だとか、そういうことは本人がひとりで言っているだけなので、品のない言葉がお紺の口から出てきたところで忠次たちは特に引っ掛かりを感じることはなかった。むしろ怒っている今のお紺が発するのに似つかわしい言葉だ。三人の男の子たちは、まったくその通りだと深く頷いた。

「ここのことを弥之助親分に話そうと思うんだけど、あんたたち……猫のお化けが出たことは隠して、吾助さんが言っていたように赤ん坊のお化けが出たと嘘を吐くのよ」

「どういうこと?」

「糞っ垂れの猫殺し野郎をちゃんと捕まえてこっぴどく懲《こ》らしめてほしいけど、正直に話すと、所詮《しょせん》は猫のことだからと親分さんも動かないでしょう。辻斬りの件で忙しいでしょうし……でも、赤ん坊の死体があるかもしれないとなれば、井戸の中を調べるくらいはするでしょうよ。その時にあんたたちの所の大家さんも一緒にいてもらえば……」

「ああ、なるほど」

長屋で十六匹もの猫を飼っているのだ。当然、吉兵衛は大の猫好きである。井戸の中から猫の骸が数多く出てくるところを目の当たりにしたら、無理やりでも弥之助を動かして、殺したやつを探させるに違いない。

「親分さんは歩き回っていて留守かもしれないから、先に大家さんに会って話した方が早いかもしれないわね。さあ、急いで帰るわよ」

お紺は草を掻き分けてさっさと歩き出した。慌てて忠次と新七、留吉も追いかける。

雑木林の中では、他の子たちからすっかり忘れられた銀太が、相変わらず赤ん坊のお化け探しを続けていた。

四

数日後、溝猫長屋を訪れた弥之助は、奥の物干し場の辺りに大量の見慣れぬものが落ちているのを見た。昼間のことで、長屋に住んでいる子供たちはみな手習所に行ってしまっている。そのひっそりとした場所のあちこちに、なぜか松ぼっくりがいくつも転がっていた。

「どうして、こんなものが……」

弥之助は辺りを見回した。長屋には隅に柿の木が一本植わっているが、松の木はない。どこから湧《わ》いたのだろうと不思議に思った。

「銀太が拾ってきたんだよ」横にいた吉兵衛が返事をした。「ほら、この間の、井戸の中から猫の骸がたくさん出てきた場所。あの雑木林で銀太は他の子供たちから離れ、一人で赤ん坊のお化けを探していたそうなんだが、それに途中で飽きて、気がついたら松ぼっくり拾いをしていたそうだ」

なるほど、それは銀太らしいと弥之助は頷いた。

「……そうそう、今日来たのは、そのたくさんの猫を殺した輩《やから》の件でしてね。辻斬り野郎がまだ捕まってなくて大変なのに、たかが猫のことで……」

「おい弥之助。『たかが』とは何だね、『たかが』とは」

吉兵衛の顔が歪《ゆが》んだ。

「ああ、いや、つまり……」

まずいことを言ったと弥之助は後悔した。決して猫殺しの件を軽く見ているわけではない。しかし暇な時期なら良かったが、今は辻斬りの件で忙しく歩き回っている最中だ。その一方でこの猫殺しの方にも手下を回さねばならなくなったので、思わず愚《ぐ》痴《ち》っぽくなり、口を滑らせてしまった。

「あのなぁ弥之助。こういう些細《ささい》な事件を見逃していると、後々大変なことになりかねないんだよ。確かに殺されていたのは『たかが』猫かもしれない。しかしね、井戸の中で見つかった猫たちは、頭を潰されたり、脚を折られていたりしただろう。どうも儂《わし》には、それをやったやつは猫を殺すことを楽しんでいたように思えるんだよ。許せない話だが、それでも百歩譲って、猫で済んでいるうちはまあ良しとしよう。だが、もしそいつが猫に飽き足らなくなって、もっと大きなものへと手を出すようになったらどうするね。猫から犬へ、そして人へと向かっていく。そうは言っても猫のような小さな生き物を殺すような輩だから、強そうな男は相手にしないだろう。狙うのは女や子供、年寄りだな。もちろん、そうなるとは限らないよ。ただ、万が一ということがある。だから猫を殺していたやつを見つけて、早めに何らかの手を打っておいた方が……」

「いや、おっしゃる通りです。私もそのように思いまして、それで猫を殺した野郎を必死で探し回りまして……とうとう見つけ出したんですよ」

「ほう、案外と早かったな」

「そりゃあもう、一生懸命やりましたから。いやぁ、なかなか苦労しました」

嘘だった。手下の一人の「煙草《たばこ》売りの仁」を例の雑木林に潜《ひそ》ませたら、その日のうちに猫の骸をあの井戸に放り込んだやつが現れたのだ。どこかのお店者《たなもの》らしき身なりの、年は三十手前くらいの男だった。

仁はその男の後をこっそりとつけた。そして、そいつが京橋南《きょうばしみなみ》の山下町《やましたちょう》にある、小間物問屋の奉公人だと分かった。

「甲州屋《こうしゅうや》とかいう店の手代です。いつもにこにこしていて腰が低く、周りからの評判はとても良い男でした。そのまま仁のやつに見張らせていたんですが、昨日になってその手代、仕事で外へ出ましてね。あちこちにある取引先を回ったんです。その途中、どういうわけかふらりと、とある寺の墓場に入り込んだ。そこには野良猫が何匹か棲《す》みついていたのですが、どうやら餌づけをして手懐けていたらしい。手代はそのうちの一匹を袋に押し込んで人気《ひとけ》のない川原へ持っていき、近くにあった石でその袋の上から……」

「ああ、その辺りは詳しく言わなくていいよ」

「ええと、とにかく手代は猫を殺しましてね。その後で、あの雑木林に向かいました。それで、これは間違いないということになったので、私は甲州屋に乗り込みました。と言っても、店の他の者には内緒で、手代を呼び出しただけですけどね。仁が見ていたことを話して少し脅したら、すべてを白状しましたよ。どうやらそこの店の主《あるじ》が厳しい人で、ちょっとしたことで怒鳴り散らすらしい。それで不満が溜まっていたということでした。主は猫を飼っていて、とても可愛がっていたのですが、手代はある日、あまりにも理不尽に叱られた後で、思わずその猫に石を投げつけてしまったそうです。そうしたら当たり所が悪くて死んでしまった。始末に困った手代は、子供の頃に住んでいた家が今は取り壊され、草がぼうぼうに生えているだけの土地に変わっていることを思い出した。そこでこっそり持っていき、井戸の中へ放り込んだ。それが一年程前のことですが、その時、妙に胸がすっきりとしたそうなんですよ。それ以来、主に酷《ひど》く叱られることがあると、野良猫を殺してその井戸に放り込んでいた、という話でした」

「そのことは、店の主には話したのかね」

「いいえ、まだです。とりあえず大家さんに話してから考えようと思いまして。手代は『もう二度としない』と言っていましたが、さて、いかがいたしましょうか」

「ううん、難しいな」

吉兵衛は腕組みをして天を仰ぎ、それから首を大きく捻った。

「小心者の男のようだから、改めてお前がしっかりと脅して、さらに儂が十日くらい続けて説教をすれば、猫殺しは止まりそうだが……それだけでは安心できないな。どうもそこの店の主とそいつは、そもそも反《そ》りが合わない気がするよ。猫の件は誤魔化《ごまか》しつつ店の主と話し、取引先とか暖簾《のれん》分けをした所とか、別の店で働かせるように説得した方がいいだろうな」

「はあ……意外ですね」

「何がだね」

「その手代のことを親身になって考えている。猫好きの大家さんのことだから、そんな男は殺さない程度に痛めつけてやれ、とか言い出すんじゃないかと思っていたのですが……」

「その辺りはさっき言った、『お前がしっかりと脅して』というのに含まれている」

「……なるほど」

やっぱりそうか、と弥之助は苦笑いを浮かべた。辻斬りの件をどうするかで頭を悩ませているのに、余計な仕事が増やされてしまった。

――それに、子供たちがまた何かしでかすかもしれないからな。

弥之助はお多恵ちゃんの祠へと目を向けた。春や夏の時とは違い、今回はなぜか忠次、新七、留吉の間で「見る」「聞く」「嗅ぐ」が二巡してしまった。はたして次は、このまま三巡目に入っていくのか、それとも銀太が一人だけで幽霊に出遭う羽目になるのか。

——銀太の時は、決まって面倒なことになるからなぁ。

さらに余計な仕事が増えそうである。ただでさえ忙しいのだから手加減していただけないでしょうか、と弥之助はお多恵ちゃんの祠に向かって手を合わせた。

誘《いざな》う男の子

一

昼の八つ時を過ぎ、子供たちが手習所からいなくなった頃を見計らって弥之助が耕研堂を訪れると、出入り口から出てこようとする溝猫《どぶねこ》長屋の大家の吉兵衛の姿が目に入った。

弥之助と吉兵衛は年中会っている。今朝もお多恵ちゃんの祠《ほこら》へ一緒に手を合わせた。だから別に隠れる必要などないのだが、思わず弥之助は物陰に身を潜《ひそ》めてしまった。

見送りに出た耕研堂《こうけんどう》の雇われ師匠、古宮蓮十郎と少し言葉を交わし、それから吉兵衛は歩き出した。その背中が通りの向こうへ消えるのを見届けると、弥之助はほっと溜息《ためいき》を吐《つ》き、耕研堂の方を振り返った。

出入り口に立ち、呆《あき》れた顔でこちらを眺めている蓮十郎と目が合った。

「……泣く子も黙ると恐れられている弥之助親分が、何をこそこそしているんだ？」

「いやあ、用があってこちらから会いに行くのならいいんですけど、心構えができていない時にばったり出会うと、びっくりしてしまうんですよ。どんな人間にも苦手な相手ってのはあるものでして」

弥之助は子供の頃、溝猫長屋に住んでいた。銀太と同じような悪戯《いたずら》小僧で、毎日のように吉兵衛から説教を食らっていたものだった。そのため大人になった今でも吉兵衛には頭が上がらないのである。

「まったく情けねぇ話だな」

ふん、と蓮十郎は鼻で笑った。この男は、弥之助と二人きりで話す時には少し乱暴な口調になる。弥之助とは手習の師匠になる前からの知り合いだからだ。

蓮十郎は以前、剣術道場を営んでいた。実はかなりの腕前を持つ剣の達人なのだ。しかしあまりにも門人を痛めつけたためにみんな逃げ出し、道場は潰《つぶ》れてしまった。蓮十郎はどういうわけか、剣を持たせるとやたらと残忍な人柄に変貌《へんぼう》するのである。

その後、蓮十郎はこの耕研堂の師匠として雇われ、刀を字突き棒に持ち替えることとなった。幸いその二つは勝手が違ったようで、子供たちに少々甘いが教え方の丁寧《ていねい》な手習師匠で通っている。

だが今でも刀を持つと、人を痛めつけるのが好きな以前の顔を覗《のぞ》かせる。もっともそのことを知っているのは、この辺りでは弥之助だけだった。

「……大家さん、どんな用事でいらっしゃったんですかい。ああ、またあいつらが何かしでかしたのかな」

弥之助の頭に、銀太と忠次、新七、留吉の四人の顔が浮かんだ。あの連中が悪戯をしたに決まっている。他に吉兵衛が耕研堂を訪れる理由が思いつかない。

「今度は何をやったんですかい。柱でも折りましたか。あるいは壁をぶち抜いたとか」

「さすがにあの連中もそんなことはしないよ。せいぜい障子戸《しょうじど》の桟《さん》を折ったり襖《ふすま》をぶち破ったりするくらいだ。その程度なら大家さんも出張ってこない。今日、大家さんがやって来たのは別の用件だ。と言っても、やはりあの子供たちにかかわりがあることだけどな。大家さん、そろそろ本腰を入れてあの連中を長屋から追い出しにかかろうと考えたんだよ」

「へえ」

あの四人ももう十二歳。商家へ奉公に出たり、職人の元で修業を始めたりしていい頃だ。特に職人になる場合は、もっと早い十くらいから始める者も多い。だから吉兵衛も、さすがにのんびりと構えていられなくなったのだろう。むろん、子供たちの将来を考えてのことだ。

「新七は提灯屋《ちょうちんや》の跡取りだからいいとして、他の三人ですね。留吉は油屋の子だけど三男坊だからいずれ家を出なければならない。銀太と忠次は職人の子だから、やはり父親と同じように職人になるのでしょう。そうすると技を覚えるのは早い方がいい。さて、この三人のうちで、誰が一番先に溝猫長屋を出ていくのか……」

銀太はまだ手習に通わせた方がいいと吉兵衛なら考えそうだ。

「……やはり忠次でしょうかね。ああ、でも留吉のところは弟妹が多いから……」

「大家さんもその二人と話をしたらしい。すると、当人たちもそろそろ家を出て仕事を始めた方がいいと考えていることが分かった。それは良いのだが、あのお多恵ちゃんの祠のせいで思うように動きが取れないということも分かってしまったそうだ」

「どういうことですかい」

「まず子供たちだが、忠次も留吉も一番先に出ていくのは、お化けが怖いから逃げると思われるようで嫌なんだそうだ」

「いや、逃げて当然なんですけどねぇ」

これまでに溝猫長屋で年長になってしまった男の子たちは、祠にお参りすると幽霊に遭うようになると分かるや、たいして間を置かずにさっさと長屋を出ていってしまっている。だから忠次たちもそうすればいいのに、変なところで意地を張る子供だ。

「そうかと言って、二番目になるのはもっと嫌だそうだ。そうすると長屋に残るのが二人になってしまう。幽霊の感じ方が変わって、新七も今の銀太と同じように、一気に見たり聞いたり嗅《か》いだりするようになるだろう。そうなったら新七に悪いと考えているようだな。もちろん銀太も、今よりたくさん幽霊に遭うようになるだろう。二人から恨まれてしまう」

「なるほど……」

だから長屋から出ていくのを躊躇《ためら》っているのか。

「……しかしいずれは外へ働きに出なければならない。それなら、忠次と留吉が同時に長屋を離れたらどうでしょう。新七と銀太には気の毒ですが」

「うむ。大家さんもまったく同じように思ったそうだ。ところがそこで、はたと別のことが頭に浮かんだらしい。今、子供たちはまた立て続けに幽霊に出遭っているところだ。忠次と留吉が出て行くということは、それを無理やり途切れさせるということになるのではないか、と思ったそうなんだ。春と夏の時は一連の話がつながっていて、どちらも最後には殺しの下手人にたどり着いただろう。今度もそうだったらまずい、ということだな」

「……つながっていますかねぇ」

弥之助は首を傾げた。念のため自分も子供たちが幽霊に出遭ったら詳しく話を聞いているが、化け猫とか死神とか汁粉屋《しるこや》の幽霊とか、今回に限ってはそれぞれにつながりが見えないものが多い。二巡目に入ったことといい、春や夏の時とは少し違う気がする。

「どうだろうな。今はまだ分からないだけかもしれない。これから三巡目に入るなんてこともあり得るしな。だから大家さんも考えあぐねて、俺のところに相談に来たんだよ」

「それで、古宮先生は何と答えたんですかい」

「とりあえず今回の一連の出来事が終わるのを待った方がいいと」

「まあ、それが一番でしょうね」

多分、最後は銀太がひとりで幽霊に出遭う。終わりの合図みたいなものだ。忠次と留吉の件は、そうなってから動くべきだろう。

「そう答えたら大家さんは頷《うなず》いて帰っていった。忠次と留吉を長屋から出す件は、しばらく様子を見るということに決まったわけだな。だからそれは良しとして……ところで弥之助、どうも今回は、俺としてはまったく面白くないんだが。正直、いらいらしている」

「はあ、いきなりどうしたんですか」

「いや、春も夏も、俺が剣を振るう機会があっただろう。実際には棒切れを振るっただけだが、それでも相手を痛めつけられて楽しかった。きっと今度もそうなるに違いないと思って子供たちのお喋《しゃべ》りに耳を傾けていたんだが、どうも今回は、そういう相手がいなそうなんだよな」

「古宮先生……」

子供たちを相手にしている時は優しい師匠なのに、人間というのはまったく不思議なものだ。

「……あの、猫殺しの手代で良かったら紹介しますけど」

「ああ？」

蓮十郎は怖い目をして弥之助を睨《にら》みつけた。どうして俺がそんな小物を相手にしなけりゃならないんだ、と怒っているような顔だった。

弥之助が首を竦《すく》めていると、蓮十郎の表情がふっと緩《ゆる》んだ。頬《ほお》に笑みを浮かべながら弥之助をじろじろと見る。

「岡っ引きなんて仕事をしていると、お前も危ない目に遭うことがあるだろう。常日頃から鍛えておかなけりゃいけないな。俺が少し稽古《けいこ》をつけてやっても……」

「えっと、用事を思い出したので、これで失礼します」

弥之助は一目散に逃げ出した。背後で蓮十郎の笑い声がした。

確かに今回は、蓮十郎はずっと蚊帳《かや》の外だからいらいらするのも無理はない。急いで生《い》け贄《にえ》を探さないと俺の身が危ないぞ、と考えながら弥之助は走り続けた。

二

「正直に言うとさ、おいら、今はお化けよりお紺ちゃんの方が怖いんだよね」

銀太は溝猫長屋の木戸口から首を伸ばし、目を忙《せわ》しなく左右に配った。もし通りの向こうからやって来るお紺の姿が見えたら、素早く反対の方へと逃げるつもりでいる。

忠次と新七、留吉の三人が「見る」「聞く」「嗅ぐ」をそれぞれ一度ずつ順番に感じ、四度目に銀太がその三つを一人で引き受けて終わる、というのが春と夏に幽霊に出遭った時の流れだった。その時と同じく、ここまで銀太だけが仲間外れにされる形で来ている。だから、恐らくまた似たような感じになるのだろうな、と銀太は考えていた。

「もうね、お化けに遭うのは仕方ないと諦《あきら》めているんだ。むしろ、早く出てきてほしいとまで思っている。ただし、お紺ちゃんのいない時に」

ただ幽霊に遭うだけではなく、どういうわけか春の時も夏の時も、幽霊がいる場所にお紺と一緒に閉じ込められてしまった。そしてどういうわけか、お紺から怪談を聞く羽目になった。

幽霊の気配をまったく感じないお紺にしてみれば、それは助け出されるまでの暇つぶしに過ぎない。だが銀太には、腐りかけの嫌な臭いを発しながらうろうろする幽霊の姿がしっかり見えているのだ。しかも苦しそうな唸《うな》り声を上げたり、恨み言をぶつぶつと呟《つぶや》いていたりする。そんな声を耳にしながらお紺の怪談も聞くという苦行《くぎょう》が春と夏の二回、繰り返されている。

「次はおいらの番に決まっているわけだけどさ、できればお紺ちゃんのいない所でお化けに遭いたいね」

「……いや、銀ちゃんの番とは限らないよ」

銀太の隣で同じように通りを窺《うかが》いながら、新七が言った。こちらもお紺が来ないか見張っている。

「今回は『見る』『聞く』『嗅ぐ』が二巡しているんだ。春や夏の時と明らかに変わっている。だから他の者も油断できないんだよ。もしかしたら三巡目に入るかもしれない」

「そうかなぁ」

「実はさ、二巡しているってことの他にも変わっているところがあるんだよね。春の時は、初めに出てきた栄三郎って子の幽霊からつながっていき、最後には栄三郎を殺したやつの家までたどり着いた。夏の時は、仏具屋の丸亀屋《まるがめや》さんで起きた人殺しにかかわる幽霊ばかりが出てきた。途中では気づかなかったけど、終わってみれば一つの事件が落着してめでたしめでたし、だったんだ。でも、今回は違うんだよね。初めのうちこそつながっていた感じだけど、途中からはばらばらみたいなんだ。この間の化け猫の群れとか、汁粉屋の幽霊とかは、いくら考えても他の件とつながらないんだよ。俺たちが幽霊に遭うのはお多恵ちゃんの祠の力が働いているからだけど、どうも途中からお多恵ちゃんは、何でもいいから俺たちを幽霊に遭わせているんじゃないかと思えるんだよね」

「それはやっぱり、お多恵ちゃんの悪口を言っちゃったから……」

うん、と新七は深く頷いた。

「多分それで怒っているんだろうと思うんだ。だから油断できないんだよ。二巡目で終わりだと思わせといて実は三巡目に……ということがあるかもしれない。いやそれどころか、これまでのように銀ちゃんのところに一気に来るだろうと油断させておいて、俺や忠ちゃん、留ちゃんのところに……なんてことが起こるかも」

「でも、初めにお多恵ちゃんのことを悪く言ったのはおいらなんだから、そのおいらに何も起こらないってことはないんじゃないかな」

「仲間外れが続くっていうのが罰《ばつ》なのかも」

「ああ、そうか。ちっ、まったくお多恵ちゃんは、お紺ちゃんと同じくらい……」

始末が悪いな……と口に出そうとして、銀太は慌《あわ》てて言葉を飲み込んだ。相手は幽霊である。どこで聞いているか分かったものじゃない。

「……お紺ちゃんと同じくらい……勇気のある素敵な女の子なのに、そんな子の悪口を言っちゃったおいらが駄目なんだよな。本当にお多恵ちゃんは素晴らしい女の子で……」

無理やり褒《ほ》めた。頭の良い新七はすぐに銀太の意図に気づいたらしく、小さく頷きながら言葉を続けた。

「そうだよ。お多恵ちゃんは優しくて、思いやりがある子なんだ。それに面倒見が良くて世話好きだ」

「きっと顔も可愛《かわい》かったんだろうな。生きていたら町内一の美人になっていたに違いない」

「いや、江戸で一番だ」

「いやいや、三国一の……」

わざとらしくお多恵への褒め言葉を並べながら二人は通りを眺めた。ちょうど角の向こうから人が現れたので、そちらへと鋭い目を向ける。姿を見せたのは、お紺が来る気配はないかと少し先まで様子を窺いに行っていた忠次だった。

銀太と新七に向かって首を振りながら忠次は近づいてきた。

「こっちは大丈夫だ。隣町との境まで行ってみたけど、お紺ちゃんは歩いてなかった」

ふう、と銀太は安堵《あんど》の溜息を吐き、それから通りの反対側へと目を向けた。そちらの様子を調べに行った留吉が戻ってくる姿が見えた。留吉はこちらに向かって歩きながら、やはり銀太たちへ向けて首を振った。

「……もうすぐ暮れ六つの鐘が鳴る。どうやら今日もお紺ちゃんは来ないようだな」

新七が暮れなずむ空を見上げながら呟いた。それから、ううん、と唸るような声を出した。

「雑木林で化け猫に遭ってから今日で何日目だろう。お紺ちゃんのことだから、すぐにおっかないお化け話を仕入れて長屋にやって来るはずだと考えていたんだけどな」

「そうだよね……」

銀太は頷いた。満面の笑みを浮かべながら、意気揚々《いきようよう》と来るに違いないと思っていた。

「もしかしてお紺ちゃん、俺たちがこうして右往左往するのを見越して、焦《じ》らしているんじゃないかな」

「いくらなんでもそれは……いや、でもあのお紺ちゃんのことだから」

銀太も空を見上げながら、ううん、と唸った。お紺なら十分にあり得る。

「ちっ、まったくお紺ちゃんは本当に始末が悪……ああ、いや、素晴らしい女の子で……」

「おいおい銀ちゃん、お紺ちゃんのことは別に褒めなくても平気だよ」

「ああ、そうか。たまに化け物じみているから、お多恵ちゃんと同じようなものに感じちゃったよ……しかし、こんなことなら長屋に籠《こ》もってないで、おいらたちの方がお化けのいそうな場所へ出向いた方がいいかもしれないね」

ここ数日、銀太たちは手習から戻ると他所《よそ》へは出ずに、ずっと長屋で過ごしていた。下手に出歩いてお紺とばったり出会うのが嫌だったからである。必ず来るに違いないから待ち構えて、姿を捉《とら》えたら逃げようと考えていたのだ。

「そうかもしれないな。俺に幾つか心当たりがあるから行ってみようか。でも必ず出るとは言い切れないし、それに会いに行くのにちょうどいい怖さの幽霊とも限らないんだよね。怨霊《おんりょう》とかの類だったらまずい」

「それなら、磯六さんの所へ行くのはどうだろう。あの『子供に怖い話を聞かせるのが好きなおじさん』だったら、ちょうどいい怖さのお化けが出る所を知っているんじゃないかな」

「磯六さんの住んでいる場所が分からない」

「よく店に顔を出すらしい質屋の菊田屋《きくたや》さんに訊《き》けば……ああ、駄目か。そこはお紺ちゃんの家だった」

どうもお紺ちゃんに振り回されている感が拭《ぬぐ》えない。それにもちろん、お多恵ちゃんにもだ。本当にこの二人は……素敵な女の子である。

「……とにかくさ、長屋に閉じ籠もっているのはおいらたちらしくない。明日からは、お化けの出そうな場所へこちらから乗り込んでいこうよ」

銀太は頬を引き締め、力を込めて強く頷きながら告げた。新七、そして長屋の木戸口まで戻ってきた忠次と留吉の三人は、そんな銀太の顔を眺めながら、「そうだなぁ」とあまり乗り気ではないような声を出して小さく頷いた。

三

その夜。眠っていた銀太はふと目を覚ました。

珍しいことである。いつもならたとえ寝小便をしようと必ず朝まで寝続けるのだ。不思議に思いながら再び目を瞑《つぶ》った。しかし、なかなか眠りが訪れなかった。どういうわけか目が冴《さ》えてしまっている。

銀太はむっくりと体を起こした。月が出ているようで障子戸が明るい。その光で部屋の中がうっすらと見える。

部屋の両端に父親と母親が、その間に挟まれるように二人の妹が寝ている。いつも通りの、溝猫長屋の自分の部屋だ。ちなみに銀太はその四人の足の方に一人だけ体の向きが横になるような感じで寝ているが、それは部屋が狭いせいと、寝小便をするせいだった。

――今日はしっかり起きたぞ。おいらも大人になったのかな。

ふっ、ふっ、ふっ、とほくそ笑む。しかししばらくして銀太は、そうではないことに気づいた。別に小便などしたくなかったのである。

――それならなんで目が覚めたんだろう。

首を傾げたが、考えても分からなかった。

――まあ、ものはついでだ。無理にでも小便するか。

銀太は立ち上がった。妹を踏まないように気を付けながら、静かに戸口の方へ歩く。

履物《はきもの》を突っかけて土間に下り、心張棒《しんばりぼう》を外してそっと戸を開けた。満月に近い月が空に懸《か》かっているので、かなり明るかった。月はやや西に傾いていたが、それでも高い位置にある。朝まではまだ間がありそうだ。夜の八つといったところか。七つ時まではいっていないだろう。

こんな刻限になぜ目覚めたのか、ますます不思議に感じながら銀太は路地へと足を踏み出した。外の冷たい風で他の者が起きないように、戸をしっかりと閉める。辺りをきょろきょろと見回し、それから長屋の奥にある厠《かわや》の方へと足を踏み出した。

二、三歩進んだところで、銀太は足を止めた。首を傾げながら後ろを振り返る。

——あれ？

長屋の木戸口が大きく開いていて、月明かりに照らされた通りが見えた。

木戸は長屋の月番の者が夜の四つに閉めることになっている。怠《おこた》ると大家の吉兵衛から叱言《こごと》を食らうことになるので、まず閉め忘れられることはなかった。それが開いている。

——今夜は珍しいことが続くな。

どこが月番か分からないけど大家さんに叱られるのは可哀想だからおいらが閉めておいてやろう、と銀太は踵《きびす》を返して木戸口の方を向いた。

足を踏み出す。が、すぐに銀太は動きを止めた。

木戸口の向こうの通りを、一人の男の子が通り過ぎていったのだ。

かなり幼い男の子のようだった。五つくらいだ。そして、泣いているように見えた。

驚いたためにほんのわずかの間だけ躊躇《ちゅうちょ》した銀太だったが、すぐに再び足を動かし始めた。木戸口を抜け、そのまま通りへと出る。

ひんやりとした臭いが鼻に入ってくる。ああ寒いな、秋だなと感じた。

それより今はあの子だと、歩いていった方へと目を向ける。すると、七、八間ほど先を歩いている男の子の背中が見えた。両手で顔を覆《おお》っている。それにすすり泣きのような声も聞こえてきた。

「どうしたの？」

銀太は声をかけた。夜中ということもあって抑え気味の声だった。それでも十分に耳に届いたはずだが、男の子は振り向かずにそのまま歩き、曲がり角の先に消えてしまった。

銀太は小走りで追いかけた。勢いよく角を曲がる。

男の子は次の角を曲がるところだった。横顔がちらりと目に入る。近所に住んでいる子ならたいてい分かるが、見知った顔ではなかった。もっとも月明かりがあるとはいえ夜だから自信はない。それに知らない相手でも、五つくらいの幼い子が夜中に泣きながら歩いているのだ。どうにかしてあげなければならない。

「ねえ、本当にどうかしたの？」

銀太はさらに足を速めて進み、声をかけながら角を曲がった。次の角の向こうへと消えていく男の子の姿が目に入った。

銀太は追いかけて角を曲がった。すると男の子は次の角の先へ消えた。銀太は追いかけて角を曲がる。すると男の子は……ということが繰り返された。

いつの間にか銀太は、左右に板塀《いたべい》が延びている、狭い路地にいた。男の子は少し先を、やはり両手で顔を覆いながら歩いている。ほんの二、三間先だ。

やっと追いついた、と思いながら銀太が再び声をかけようとした時、男の子はすっと曲がって横にある路地に入った。

そんな所に入り込める所があるなんて、まったく気づかなかった。まるで突然そこに路地が現れたかのようだった。銀太は驚きながら、その角を曲がった。

そこは色とりどりの花が咲き乱れている野原だった。銀太はますますびっくりして目を丸くする。草は青々としており、春の景色のように見えた。

少し先に川が流れていた。幅はわずか半間ほど。銀太なら軽く向こう岸へ跳び越せそうな細い小川だ。男の子はその向こう岸にいて、こちらに背を向けて座っている。

──ええと。

銀太は首を捻《ひね》った。どこかで聞いた覚えがあるぞ。女の子を追いかけていったら小川に出て、その女の子が水に落ちるんだ。それで助けようとしたら引きずり込まれて、水の中で見たら女の子が大人の女の人に変わっていた、ということだった。この話をしたのは……。

——思い出した。留ちゃんだ。

だが、留吉に聞いたのと違うところがいくつかあった。

まず、銀太が追いかけてきたのは男の子だということ。ここが大きく違う。

そして、その子は今、小川の向こう岸にいるということだ。留吉が追いかけた女の子は小川の手前にいたはずだ。それで声をかけながら留吉が肩に手を伸ばすと、女の子はどぶんと流れに落ちたのだ。

男の子が泣きながら歩いているという点も違う。留吉が追いかけた女の子は笑っていて、たまに手招きをしたという。だが、あの男の子は自分を導くような仕草は一切しなかった。

——ううん。

銀太は悩んだ。くるりと背を向け、何もせずに来た道を戻った方がいいに決まっている。いくら頭の出来が悪くても、それくらいは分かる。しかし……。

心に引っかかっていることがあった。留吉の次に「見る」番になったのは新七だったが、その時に森元町《もりもとちょう》の開かずの部屋がある長屋へと行った。新七が自分で見つけてきた場所だ。その部屋で新七は、行方《ゆくえ》知れずになった男の子を待ち続ける母親の幽霊に出遭った。

──その男の子は、母親がちょっと目を離した隙《すき》にいなくなったって話だったけど……。

もしかして留ちゃんのように、女の子の振りをした幽霊に誘われて、この場所まで導かれたのではないだろうか。そうして、川に引きずり込まれて死んでしまったのではなかろうか。

そしてあの泣いている男の子が、その子なのではないだろうか、と銀太は考えていた。

──だとしたら幽霊なんだけど……。

それでも確かめなければなるまい。もしあの男の子だったら、幽霊になってまであの部屋で待ち続けている母親の元へ帰してあげなければ。

銀太は腹を決めた。念のため辺りを見回し、自分を川へ引きずり込もうとしている者がいないかどうか確かめる。目に入るのはあの泣いている男の子だけだった。

──よし。

銀太は走り出した。勢いをつけて小川の手前で跳び上がる。

ちょうど流れの真上まで来た時、空に浮かぶ月が水面に映るのが見えた。その月にはうさぎはおらず、代わりに大人の女の顔が浮かび上がるように貼りついていた。

いや、女がいるのは水の中だ。それに銀太が気づいた瞬間、水しぶきを上げて腕が伸びてきた。異様に長い腕だった。絡みつくようにして銀太の足首をつかむ。

銀太は川に落ちた。一気に頭まで水の中に潜り込む。思っていたよりはるかに深い。それにさっきまで見えていたのとは違って、川幅もあるようだ。両手をばたばたと動かしても岸に触らない。

――ああ、そうだった。

留吉が見たのと同じ幻を自分も見せられていたのだった。ここは古川《ふるかわ》の流れだった。

まだ足首は女にがっしりとつかまれている。なんとか引き離せないかと足元を見ると、満面に笑みを浮かべた女と目が合った。思わず息を呑《の》む。途端に口の中に大量の水が入ってきた。

――おいらは留ちゃんの時と同じ場所で溺《おぼ》れているんだろうな。

留吉は助けられたが、自分は駄目だろう。

もがきながら銀太はそう思った。なぜなら今は夜で、川辺には誰もいないはずだから。

息がどんどん苦しくなる。そして、だんだんと目の前が暗くなっていく。

両親の顔が目に浮かんだ。二人の妹の顔もだ。

それから忠次、新七、留吉が浮かんできた。喧嘩《けんか》をしたこともあるが、それでもずっと仲の良い友達だった。長屋の他の子供たちの顔も次々と現れる。みんな笑顔だ。楽しそうに笑っている。

大家の吉兵衛の顔が現れた。こちらは怒っている。もっともそれが吉兵衛のいつもの顔だ。

長屋の大人たち、近所の人々、弥之助親分、手習所の古宮先生の顔が続く。それから、溝猫長屋にいる十六匹の猫たちが順番に現れた。四方柾に玉、羊羹、金鍔、蛇の目、釣瓶、弓張、菜種、しっぽく、花巻、あられ、笠竹、柿、石見、手斧、柄杓……。

最後に野良犬の野良太郎の顔が浮かび、銀太の目の前は真っ暗になった。

四

遠くから「銀太ぁ」「銀太ぁ」と自分を呼ぶ声が聞こえてきた。うるさいなぁ、と思いながら銀太はゆっくりと目を開ける。

最初に目に飛び込んできたのは中空に浮かぶ月だった。まだ夜中だ。

次に、自分を取り囲む人々の顔が見えてきた。夜だというのに大勢いる。父親の金《きん》五郎《ごろう》、大家の吉兵衛、忠次の父親の寅八《とらはち》、それから蕎麦《そば》打ち名人の鉄さんなど長屋の大人たちや近所に住む人たちの顔が見える。他にも、銀太は知らない人の顔がたくさん覗き込んでいた。

「おお、気づいたぞぉ」

誰かが雄叫《おたけ》びのような声を出し、続けて「おおぉ」という勝鬨《かちどき》のような声が響き渡った。

「いや、みなさん、夜中なので、あまり大声で騒ぐのは……」

吉兵衛が周りの者に言い、それから銀太の方を向いた。

「気分はどうだ、銀太。頭はしっかりしてるか？」

「少しぼんやりしてるけど、おいら元から頭の働きはこんなもんだから」

答えながら銀太は体を起こした。すすきが生い茂っているのが目に入った。耳には水の流れの音が入ってくる。どうやら川原のようだ。多分、古川のほとりだろう。

「うちの馬鹿倅《せがれ》はどうやら平気なようです。ご心配をおかけしました。どうぞみなさん、家に戻って寝てください」

金五郎が頭を下げながら集まっていた人々に言った。みんな口々に「良かった良かった」と呟きながら、三々五々散っていく。それを見送りながら、金五郎は礼を口にしてまた頭を下げた。

そんな父親の様子を横目で見ながら、銀太は吉兵衛に訊《たず》ねた。

「どうして夜中なのに、あんなに大勢の人が集まったんだろう。それに、誰がおいらを助けてくれたの？」

「お前を助けたのは、ほら、あそこにいるあいつだ」

吉兵衛は銀太の背後を指さした。体を捻って後ろを向くと、少し離れたところにうずくまる黒い影が見えた。初めは何だか分からなかったが、よく見るとそれは野良太郎だった。

「集まった人たちはみんな、野良太郎の吠《ほ》える声で目を覚ましたんだよ。儂《わし》もそうだ。それにしても、あいつがあんなに吠えたのは初めて聞いたよ」

「へえ」

「まずうちの長屋の住人が、あんまりうるさいから起き出した。お前の父親の金五郎もその一人だが、そこで金五郎はお前がいなくなっていることに気づいた。長屋の中を探しても見当たらない。それでもしかしたらと思って、みんなで野良太郎の声を追いかけたんだよ。あいつはずっと吠えながら進んでいったから、通り沿いの人たちも次々と起き出してね。それであんなに大勢になったというわけだ」

「ふうん、野良太郎が吠えて知らせてくれたんだ」

そんな声はまったく聞いた覚えがない。だが多分、野良太郎は長屋を出てふらふらと歩いていく銀太の後を吠えながら追いかけたのだろう。

「儂らは四之橋《しのはし》の近くでやっと野良太郎に追いついた。そうしたらあいつは、いきなり川へと飛び込んだんだ。その泳いでいく方を見たら、お前が水の中でばしゃばしゃともがいていたというわけだよ」

「……つまり、おいらを川から引き上げてくれたのも野良太郎ってこと？」

「そうだ。金五郎もすぐに飛び込もうとしたが、それより先に野良太郎が、着物の衿《えり》のところを咥《くわ》えてお前を岸まで引っ張ってきたんだ」

「そうか……それなら野良太郎はおいらの命の恩人……いや恩犬なんだ。野良太郎、ありがとうな」

銀太は野良太郎に向かって大きく腕を広げた。寝そべっていた野良太郎はそれを見てのっそりと立ち上がり、尾を振りながらゆっくりと近づいてきた。

「この間、お前のことを長屋で一番弱いだなんて馬鹿にしちゃったけど、本当にごめんな。お前は弱くなんかない。すごく強くて、しかも頭のいい犬なんだ」

野良太郎はまだ濡《ぬ》れていたが、それはお互い様だ。銀太は野良太郎の首筋に抱きついた。野良太郎は嬉《うれ》しそうな様子で、銀太の頬をぺろりと舐《な》めた。

「本当にありがとう。野良太郎、もう二度とお前のことを馬鹿にしないからな」

もう一度礼を述べながら、銀太は野良太郎を強く、強く抱きしめた。

今回の件で銀太は二つのことを知った。一つは野良太郎がとても勇敢で賢い犬だということ。そしてもう一つは、水に濡れた野良犬はとても臭いということだった。

五

数日後の晩。

目明しの親分の弥之助は、青山《あおやま》の宮益町《みやますちょう》にある酒屋、富士屋《ふじや》にいた。

奥の客間に通されている。話している相手はこの富士屋の主、勘次郎《かんじろう》だ。部屋にはもう一人、手習所耕研堂の雇われ師匠、古宮蓮十郎もいた。

「……勘次郎さん。あなたは、お増さんの弟ですね」

弥之助が訊くと、勘次郎は小さく頷いた。

銀太が銭を失《な》くして、それをお多恵ちゃんのせいにしようとした時があった。銀太は三春屋《みはるや》という酒屋が夜逃げした後の空き家に幽霊が出た、という話をでっち上げようとしたのだが、忍び込んでみたら本当に幽霊が現れてしまった。その時に出た幽霊は三春屋の亭主の晋五郎と息子の長太だったが、その晋五郎の女房がお増である。

「三春屋が潰れた後、お増さんと晋五郎さん、長太の三人は冬木町《ふゆきちよう》にひっそりと移り住んだ。しかし借金取りからうまく逃げられなかったようですね。取り立てがよほど厳しかったのか、結局一家心中の道を選んだ。お増さんが亭主と子供を刺し殺し、その後で自らも刃物で自害しようとしたらしい。だが死にきれなかった。血を流しながらお増さんはふらふらと三春屋のあった古川町《ふるかわちよう》まで歩き、そこで古川の流れに飛び込んで、やっと自らの命を絶ったんです。その辺りのことは、もちろんご存じだと思いますが」

「はい。しかし、姉とはすっぱり縁を切ったのです。ですからここを出ていってから後のことは、うちとは一切のかかわりはございません」

「そのようですね。私が調べたところによると、お増さんには決められた相手がいたのに、勝手に家を出てしまったようだ。それで親から縁を切られた。親御さんたちは……、あなたのご両親ですが、この二人はどうも、お増さんには別に惚《ほ》れた男がいて、それで出て行ったのだと考え、腹を立てたようだ」

「その通りでございますよ、親分さん。うちの親は、姉に婿《むこ》を取らせてこの店を継がせようと考えていたんです。だが姉は裏切って晋五郎とかいう男の元へ走った。怒るのも無理はありません」

「しかし、実はそうではないことを、あなたは分かっているはずですよ、勘次郎さん」

「ほう」

勘次郎は顔を少し傾け、目を細めて弥之助を見た。どこまで知っているのか探っているような目付きだった。

「お増さんが晋五郎さんに出会ったのは、ここを出た後のようだ。だから、勝手に家を出たのには他にわけがある。まあ別に話さなくて結構です。私が勝手にしゃべりますから黙って聞いていてください。お増さんがここを出たのはあなたのためです。勘次郎さん、あなたは今でこそ随分と落ち着いていますが、前はかなり派手に遊び歩いていたそうですね。どうやら自分が店を継げるものと勘違いしていたらしい。それだけならご自身が間抜けだったで済みますが、調子に乗って女を孕《はら》ませてしまった。相手はこの店と深い付き合いのあった家の娘さんだったようだ。そのことを知ったお増さんは、自分がいなくなればその女を嫁に迎えた弟が店を継げるからと考え、この家を去ったんです」

　勘次郎は弥之助から目を逸《そ》らした。ほんの一瞬のことですぐに睨むような目付きが戻されたが、そのわずかな動きで弥之助は自分の言っていることが合っていると分かった。畳みかけるように言葉を続ける。

「それで、この店はあなたが継ぐことになった。迎えた嫁との間に、かなり早く子供が生まれたので、親御さんは祝言《しゅうげん》をあげる前にあなたが手を付けていたことを分かっていたでしょう。だが、そのことが原因でお増さんが出ていったことまでは思い至らなかったようだ。自分たちを裏切ったお増さんを憎んだだけだった。そうして、執拗《しつよう》に嫌がらせをした。お増さんにとって運が悪かったのは、一緒になった亭主が自分の生家と同じ商売をしていたってことでしょうね。長くやっている分、親御さんの方が付き合いが広かった。三春屋の近くにいる同業者に手を回して、例えば三春屋の取引先にもっと安く酒を売ってもらうなどしたようだ。そうして三春屋は徐々《じょじょ》に商売が傾いていき、借金を残して店が潰れてしまった。自分の娘の亭主がやっている店なのに、見事なものだと思いますよ。そういうことをやったのはすべてあなたの親御さんですが、あなたは意見をせずにそれを黙って見ていたと。よほど親が怖いと見える。まあ、そんなことをする親だから無理もありませんけどね」

弥之助は、部屋の隅に座っている蓮十郎を見た。目が合うと蓮十郎はにやりと笑い、腰に差している刀の鯉口《こいぐち》を切った。

「ああ古宮先生、ちょっと待ってください。まだ話の続きがありますので」

蓮十郎はふん、と不満そうな声を出して刀から手を離した。

弥之助が目を戻すと、勘次郎の頬がかなり引きつっていた。ふむ、うまくいっているようだなとほくそ笑みながら、弥之助は話の続きを始めた。

「その後、お増さんたちは一家心中へと突き進んだわけですが、今日、私がここに来たのは、お増さん、亭主の晋五郎さん、そして子供の長太、この三人が葬られている場所を訊ねるためです。いや、実はそれもすでに調べて分かっていますし、墓も見に行きました。でも、釈然としないのです。どうも私は、お増さんだけ別の墓に入っているような気がするんですよ」

銀太たちが忍び込んだ、今は空き家となった三春屋に出てきた幽霊は、晋五郎と長太だけだった。別の場所で死んだとはいえ、同じ墓に葬られているのならばお増も一緒に出てきていいのではないだろうか。

弥之助は、留吉と銀太を川に引きずり込んだ女の幽霊の正体はお増だと考えている。留吉は当のお増本人が化けた幼い女の子について行って受難したのだが、銀太は男の子の後について行って溺れた。では、その男の子の正体はいったい誰なのだろうということを、ここ数日の間、調べ回っていた。

そして、男の子の正体は今日の昼間、調べが付いた。銀太が考えていた通り、森元町の長屋に住んでいた男の子だった。やはり女の子の幽霊に導かれて、あの場所で溺れて死んだらしかった。身元が分からないまま無縁仏として葬られていたのだが、寺にその時に着ていた着物が残されていた。そこからたどって分かったのである。

お増によって川に引きずり込まれた時、その男の子は五つだった。年回りはお増の子の長太と一緒だ。それが七年前のことだ。そして留吉と銀太だが、もし長太が生きていたら、やはり同じくらいの年になる。つまりお増は、長太を探しているのではないか、と弥之助は考えているのだ。そうだとするならば、今もお増と長太は別々の場所にいるということになる。

「黙って聞いていてください、と申しましたが……勘次郎さん、一つだけ教えて頂けないでしょうか。あなたの親御さんはお増さんが命を絶っただけでは満足せず、こっそりとその遺骨を晋五郎さんや長太と引き離したのではないでしょうか。多分、無縁仏としてどこかに葬ったはずだ。その場所はどこなのですか。教えてくだされば、このまま何もせずに私たちは帰りますので。ただし、もし何もおっしゃらないのであれば……」

ちゃ、と小さな音がした。部屋の隅でまた蓮十郎が鯉口を切ったのだ。勘次郎は蓮十郎をちらりと見た後で、小さな声で弥之助の問いに答えた。

「おっしゃる通りです。うちの親が三人の葬られている寺の和尚《おしよう》に金を渡して、姉の遺骨だけこっそり別の場所に移したんですよ。道玄坂《どうげんざか》の先にある小さな寺に無縁仏として葬られています。知りたければ詳しい場所をお教えいたしますが……」

「お願いします」

弥之助は軽く頭を下げた。部屋の隅で蓮十郎が、「ふん、つまらん」と機嫌の悪そうな声で呟いた。

「本当に今回は面白くない。俺は何もしていないじゃないか。やっと出番が来たと思って喜び勇んでついて来てみれば、あの勘次郎とかいう男を脅して口を割らせるだけの役目だった。しかも鯉口をちょっと切ったら終わってしまった。ああ、まったくつまらん。だいたい弥之助、お前は甘いんだよ。あの勘次郎も、その親も酷《ひど》いやつだ。

ちょっとくらい痛めつけたって構わないと思うぜ。それなのに何もせずに出てくるやつがあるか。しかももう夜だというのに、これから寺へ向かうだと。まったく面倒にもほどがある」

勘次郎から聞いた寺へと向かう道々、蓮十郎が文句を言い続けている。子供たち相手に手習を教えている時はものすごく良いお師匠さんなのに、刀を持つとどうしてここまで人が変わるかね、と弥之助は呆れながら耳を傾けていた。

「だいたい、この辺りは何だ。田んぼしかないから月明かりがあっても景色がつまらん。本当に碌《ろく》でもない」

道玄坂の辺りは江戸の外れだ。周りにあるのは田畑だけ。そんなことは蓮十郎だって知っているはずなのに、とにかく目に付くものすべてに文句をつけ始めたようだ。面倒臭いので話を逸らすことにする。

「そう言えば溝猫長屋の四人ですが、この前、化け猫に襲われましたでしょう。そのことは、古宮先生は子供たちから聞きましたか？」

「手習の最中にそんなお喋りをしていたのを耳にしたよ。この間、お前が俺に紹介しようとした、猫殺しの手代がしでかしたやつだな」

「ああ、覚えていましたか」

「当たり前だ」

蓮十郎は不機嫌そうな声で吐き捨てた。弥之助は構わずに話を続ける。

「その手代は、奉公先の主に叱られるたびに猫を殺して憂《う》さを晴らしていたわけですが、その骸《むくろ》を捨ててあった場所にあの子たちが行って、そこで化け猫に襲われたんですよ。まあ、それは別にいいんですがね、面白いことが一つあって、子供たち、溝猫長屋の親分猫の四方柾のやつに助けられたんです。自分が住んでいる長屋の子供たちを救うなんて、なかなか感心な猫じゃありませんか」

「ふむ。それは多分、お多恵ちゃんが動いたんだろう。前に俺のところまで、黒茶の猫がお多恵ちゃんの使いでやって来たことがあった。手斧っていう雌猫だ」

「へえ、お多恵ちゃんの使いですか。そうするとこの間、銀太が溺れた時に野良太郎に助けられましたが、それも……」

「いや、野良太郎は違うんじゃないかな。あれはただの、ぬぼっとしただけの犬だ。お多恵ちゃんも使うまい」

「それじゃあ、野良太郎が銀太を助けたのは自分の意思ってことですか。いや感心、感心」

「そんなことはどうでもいい。それより俺が今抱えている憂さをどう晴らすかだ」

話が元に戻ってしまった。

「猫を殺して憂さ晴らしをしていた野郎と一緒にされたくないから、弱い者いじめは嫌だな。ふむ、あの勘次郎やその親は見逃してやろう。それとは別に、少しは骨のある相手が欲しいところだな。弥之助、お前ならそういうやつを探し出せるだろう。俺のために……」

闇の中で白刃《はくじん》がきらりと光った。突然、暗がりから男が飛び出して、二人に向かって斬りかかってきたのだ。

幸い、男が初めに狙ったのは蓮十郎だった。お気の毒なことで、と襲ってきた相手に同情しながら弥之助は様子を見守った。

案の定、斬りかかってきた方が地面に倒れた。蓮十郎はその横に涼しい顔で立っている。

「……ああ、ちゃんと用意していたようだな。おい弥之助、何だこの馬鹿は」

「このところ江戸を騒がしている辻《つじ》斬り野郎ですよ。この間こいつは松四郎って人を斬り殺したんですが、その時は目黒《めぐろ》に現れましたからね。それなら次はこの道玄坂の辺りに出るかなと考えて、ずっと手下を見張りにつけておいたんです。そうしたら今日の昼間、怪しい浪人者がうろうろしていると知らせが入ったので……」

「俺を連れてきた、と。お前、実はお増が葬られている寺も初めから知っていたな」

「いやあ、それは知りませんでした。だから勘次郎さんに確かめたんですよ。まあ、見当はついていましたが」

「まったく食えない野郎だな、弥之助は」

蓮十郎は声を出して笑い、それから足元に倒れている男を蹴った。ううっ、と男は唸り声を上げる。

「それからお前も、いつまでも寝てるんじゃねぇよ。逃げられないように腿《もも》の辺りをちょっと斬りつけただけじゃねぇか。本当に痛いのはこれからだぜ。早く立ち上がって、俺を楽しませてくれ」

吠えるような唸り声を上げながら男は立ち上がった。間合いを取ってから蓮十郎に向かって剣を構える。

「ほう、もしかしたら逃げるんじゃないかと思ったが、感心なことだ。もっとも逃げたところで無駄だけどな。弥之助の手下が闇の向こうで見張っているから」

「気づいていましたか」

「うむ。ずっとついて来ていたことは分かっていた。おい辻斬り野郎、言っておくが、そいつは俺よりもはるかに恐ろしい相手だぞ。何しろあまりにも恐ろしすぎて、付けられた二つ名が『ちんこ切の竜』ってんだ。ぞっとするよな。そいつに捕まったら、いったいどんなことをされるのか……」

辻斬りの背後の闇から、ぬっと竜が姿を現した。

「……古宮先生。前にも申しましたが、あくまでも葉煙草《はたばこ》を切り刻む煙草屋の仕事としての『賃粉切《ちんこきり》』であって、男の大事な部分をどうこうするわけでは……」

「ああ分かった、分かった。こいつを怖がらせようと思ってわざと言っているんだから下がっていいよ」

竜は不満そうな顔で小首を傾げ、それから再び闇の奥へと消えた。

「まったく律儀《りちぎ》な野郎だな。二つ名を口にするといちいち説明に出てくる。さて、待たせて悪かったな」

蓮十郎は顔を辻斬りの方へと向けた。

「それでは始めようか。息の根までは止めないから安心してくれ。もっとも、そうしてくれた方がよっぽどましだと思うような目に遭うけどな」

ふふん、と鼻を鳴らしながら蓮十郎は刀を構えた。ああ、本当に楽しそうだな、と呆れながら、弥之助は二人の邪魔をしないよう後ろへ下がった。

六

「……せっかくこのあたしが、幽霊が出るという場所を探してきたというのに、もう終わっちゃったってどういうことよっ」

溝猫長屋にお紺の声が響き渡った。吉兵衛の怒鳴り声にも動じない猫たちが、この時はびくりと身を震わせ、いつでも逃げられるように低い姿勢を取りながら一斉《いっせい》にお紺の方を向いた。そして野良太郎は滑稽《こっけい》なほど怖気《おじけ》づいて、尻尾を後ろ足の間に入れるだけでは事足りず、そのまま後ろへと下がって尻から長屋の建物の壁にぶち当たった。もし壁がなかったら、きっと後ずさりで通りまで出てしまっていたことだろう。

「この間、おいらが『見る』『聞く』『嗅ぐ』を一気にやっちゃったんだよ。ということは、つまり今回はもう終わりだってことだ」

銀太がお多恵ちゃんの祠を見ながらそう答えた。

「きっとそうなんだろうね」新七が言葉を続ける。「それどころか、本当なら今回も一巡だけでとっくに終わっていたはずなんだ。弥之助親分が言っていたけど、一巡目の三つと、最後に銀ちゃんが溺れたやつはつながっていたんだよ。お増さんって人がさ、子供の長太を探し求めて起こしていたことだったんだ。留ちゃんが見た女の子は、お増さんが子供に化けたものだったんだよ。そうして子供を川まで誘っていたんだ。あまりにも長太のことを思い過ぎて、似たような年頃の男の子を見境なしに殺すようになってしまったんだね。でも弥之助親分が手を回して、お増さんと長太を一緒の墓に納めたみたいだから、多分これでもう、古川のあの場所で子供が溺れ死ぬことはないんじゃないかな」

「つまり二巡目は余計だったってことだね。だから他とはつながりのないお化けが出てきていたんだ」

留吉が言い、忠次が頷く。

「銀ちゃんがお多恵ちゃんの祠に向かって『芸がない』なんてことを言ったから、怒ったお多恵ちゃんがわざわざ三つ付け足したみたいだね」

「ごめんな、おいらのせいで今回は三人に迷惑をかけちゃった。もう二度とお多恵ちゃんの悪口は言わないと誓うよ」

「銭を失くした時にお多恵ちゃんの祠のせいにするのもね」

「もちろんだよ……と言うか、もう銭を失くしたりしないよ」

「どうかな。銀ちゃんのことだから怪《あや》しいもんだ」

忠次、新七、留吉の三人は声をそろえて笑った。銀太はしばらく口を尖《とが》らしていたが、やがて一緒になって笑い始めた。

弥之助親分の話では、辻斬りの件も始末が付いたという。心に引っかかっていた懸案はすべて終わり、気分はすっきりしている。この晴れ上がった秋の空のように、と四人は顔に笑みを浮かべたまま、一斉に上を見た。

「……ちょっと、さわやかな顔で空を眺めているんじゃないわよ。このあたしの立場はどうなるの。一生懸命怖い話を聞き回って、その中から考えに考えてようやく一つを選んできたんだからね。どうにかしなさいよ。お多恵ちゃんを怒らせたらまた始まるみたいじゃない。だったらすぐに祠に向かって悪口を言いなさい。さあ、目いっぱい罵《のの》りなさいよっ」

溝猫長屋に再びお紺の声が響き渡った。四人の男の子たちは顔を見合わせ、それから、どうぞこの人にとびっきりの罰を与えてくださいと心の中で念じながら、祠に向かって頭を下げた。

「……ええと、お増さんの件だけじゃなく、辻斬りの方も何とか片付きましたので、大家さんも安心してください」

四人の男の子とお紺が騒いでいる声を耳にしながら、弥之助は吉兵衛にそう告げた。

「本当かね」吉兵衛が疑わしげな顔になった。「お前、嘘を吐いてないか。辻斬りが今度は道玄坂に現れたと儂は耳にしたぞ。しかもこれまでより残忍な手口で、相手の体を切り刻んだと聞いている。まったく、殺されたお方が気の毒だ」

「そ、それは……」

吉兵衛の言う、殺されたお方、というのが辻斬り野郎である。その体を切り刻んだのは、もちろん古宮蓮十郎だ。

ただし、蓮十郎がそいつの息の根を止めたわけではない。対峙《たいじ》しているのが決して敵《かな》う相手ではないと悟った辻斬り野郎が自らの腹に刀を突き立てたのである。

前に蓮十郎は、何人もの人を殺した仏具屋の手代に対して自ら首をくくるように仕向けたことがあったが、今回はそうではないと弥之助は思っている。なぜなら相手が事切れた時、蓮十郎が「もう終わりか……」と残念そうに呟いたからである。

「……詳しいことは言えませんが、とにかく片付いたのは確かですので……」

「ふうむ」

吉兵衛はしばらくの間じろじろと弥之助の顔を睨み回していたが、やがて「そうか」と言いながら頷いた。

「お前が言うのなら、そうなのだろう。お増さんの件も合わせて、このところ心に引っかかっていた出来事はすべて終わった、ということになるな」

弥之助は、吉兵衛から根掘り葉掘り訊かれなくて良かったと胸を撫《な》で下ろし、ほう、と大きく息を吐き出した。

その時、弥之助は、いつの間にか辺りが静かになっていることに気づいた。周りを見ると、さっきまで祠のそばで騒いでいた四人の男の子たちとお紺が、いつの間にかいなくなっている。

どこに行ったのだろうと長屋の路地を覗くと、木戸口をくぐって通りへと出ていく五人の後ろ姿が見えた。恐らくお紺が見つけてきた幽霊が出るという場所へ向かったのだろう。

「お紺ちゃん、結局あの四人を連れていったみたいですね」

多分、吉兵衛は怒り出すだろうと思いながら横を見る。ところが吉兵衛は苦笑いを浮かべているだけだった。

「まったくあの連中には呆れるよ。怖がっているんだか楽しんでいるんだかまったく分からない」

「いや、本当にそうですね……ところで大家さん、このまま連中を行かしてしまっていいんですか」

「辻斬りの件は片付いたんだろう。それなら、今日のところは見逃してやろうじゃないか。もうすぐ忠次と留吉はこの長屋を離れることになる。一緒に遊び回っていられるのもあとわずかだからね」

　叱言は多いが、それでも優しい大家だな、と弥之助は思った。子供たちのことを本当によく考えている。だが……。

「大家さん、連中は幽霊に遭いに行くんですよ。お増さんの件が終わったばかりだというのに、次の一連の出来事が始まってしまうかもしれません。そうなったら忠次と留吉が働きに出るという話が、またしばらく様子見に……」

　吉兵衛ははっとしたような顔になった。

「お前、どうしてそれを早く言わないんだよ。そうなったら大変だ。あいつらを追いかけて止めなくては」

　言うと同時に吉兵衛は走り出した。年寄りとは思えないほど素早かった。あっという間に木戸口を抜け、通りへと飛び出していく。

　少し遅れて、野良太郎も吉兵衛を追いかけて通りへと姿を消した。それらを猫たちと見送った弥之助は、お多恵ちゃんの祠へと顔を向けた。そうして、子供たちだけじゃなく大家さんのこともよろしくお願いしますと念じながら、そっと手を合わせた。

主な参考文献

『近世風俗志（守貞謾稿）㈠〜㈤』喜田川守貞著　宇佐美英機校訂／岩波文庫
『江戸「捕物帳」の世界』山本博文監修／祥伝社新書
『【原色】木材加工面がわかる樹種事典』河村寿昌、西川栄明著　小泉章夫監修／誠文堂新光社
『嘉永・慶応　江戸切絵図』人文社

あとがき

本書は麻布《あざぶ》の溝猫《どぶねこ》長屋に住む四人の男の子が、長屋の敷地の隅にある祠《ほこら》にお参りしたら幽霊の存在が分かるようになってしまい、そのために様々な騒動が巻き起こるという「溝猫長屋」シリーズの三作目であります。

これは怪談です。当たり前のように幽霊が出てくる物語ですので、その手の話が苦手な方はどうかご注意ください。

私、輪渡颯介《わたりそうすけ》から読者の皆様にお伝えしたいことは以上です。ということで、以下は猫の話になります。

シリーズ二作目の『優しき悪霊《あくりょう》』の「あとがき」の中で、近所をうろついている猫が私の車の上を昼寝の場所にしていると書きました。たまにかち合うこともあるが、私の顔を見ると慌てて横にある棚に飛び移り、上に載っている物を蹴散らしながら逃げていく、という内容でした。今回はその話の続きになります。

先日、車を動かそうとして表に出たところ、猫が屋根の上で寝そべっているのが目に入りました。

いつもの猫です。それならやはりいつも通り、こちらの顔を見たら去っていくに違いないと思いながら私は車に近づいていきました。

ところが、どういうわけかその日に限って猫が逃げなかったのです。眠っているわけではありません。しっかりと目を開けて私を見ているのです。が、動かない。

とうとう私は車のすぐ横まで到達してしまいました。しかし猫はそのままです。相手は車の屋根の上ですから、かなり近くで見つめ合う状態になりました。

私は狼狽《うろた》えました。なぜだ、どうして逃げてくれないのだ。これでは車が動かせないではないか。

いや、もちろんこちらは人間ですから、「これは俺の車だ、さっさとどかんかい、ガオー」と脅《おど》せば逃げていくに違いありません。

だが、それはしたくない。なぜなら輪渡は作家として、猫には大変お世話になっているからです。困った時の猫頼み、ネタに詰まったらだいたい猫の話でページを埋めている。今、書き綴《つづ》っているこの「あとがき」からして、それです。

物語のオチに猫を使うことも多い。とても助かっています。また怪談という性質上、たまには猫が酷《ひど》い目に遭《あ》うような話も書く場合があります。そのあたりはちょっと申しわけないな、と思わなくもありません。だからこそ、現実世界の猫には手荒なことはできない。

それなら、その時の輪渡はいったいどうしたか。

「あのう……車、出したいんですけど」

説得を試みました。もちろん猫が言葉を理解した上で応じてくれるなどとは思っていません。こちらの発した声に驚いて逃げるに違いないと考えたわけです。

「フニャ？」

「屋根に乗っていると危ないよ」

「ニャー」

「下りた方がいいと思うけどな」

「ニャー」

まさかの展開。猫との間に会話が始まってしまいました。しかも動こうとしないところをみると、そこに意思の疎通はありません。ただ返事があるだけ。

私は戸惑いました。なぜだ、どうして逃げてくれないのだ。これでは本当に車が動かせないではないか。

困り果てながら、とりあえず持っていた荷物を置こうと車のドアを開けました。

ところがです。私の声にはまったく動じなかった猫が、ドアロックを開錠した時の電子音に反応して、慌てたように車の屋根から下りたのです。

私は安堵《あんど》しました。これでようやく車が出せる。

が、残念ながらそうはなりませんでした。運転席に乗り込んでハンドルを握ると、なんと猫が車のすぐ前で毛繕《けづくろ》いをしていたのです。

「あのう……車、出したいんですけど」

「フニャ？」

「そこにいると危ないよ」

「ニャー」

よもやの展開。お互いの位置が変わっただけ。

結局その猫は毛繕いを終えた後で悠然《ゆうぜん》と去っていき、輪渡はその後ろ姿を言い知れぬ敗北感を抱きながら見送りました。

ちなみにそれ以降、その猫とは遭遇していません。もし出合うことがありましたら、またの機会にご報告いたします。

それでは、困った時の猫頼みに犬まで加わった「溝猫長屋」シリーズ、どうぞよろしくお願い申し上げます。

本書は二〇一七年十月に小社より単行本として刊行されたものです。

|著者|輪渡颯介　1972年東京生まれ。明治大学卒。『掘割で笑う女〈浪人左門あやかし指南〉』で第38回メフィスト賞を受賞し、講談社ノベルスよりデビュー。怪談と本格ミステリを融合させた独特の世界観に注目が集まっている。とぼけた読み味が人気の「古道具屋 皆塵堂」シリーズに続き、本作が3冊目の「溝猫長屋 祠之怪」シリーズも人気に。「怪談飯屋古狸」が最新シリーズ。

欺《あざむ》きの童霊《わらしれい》　溝猫長屋《どぶねこながや》　祠之怪《ほこらのかい》

輪渡颯介《わたりそうすけ》

講談社文庫

定価はカバーに
表示してあります

2020年1月15日第1刷発行

発行者——渡瀬昌彦
発行所——株式会社　講談社
東京都文京区音羽2-12-21　〒112-8001
電話　出版（03）5395-3510
　　　販売（03）5395-5817
　　　業務（03）5395-3615

Printed in Japan

デザイン—菊地信義
本文データ制作—講談社デジタル製作
印刷———豊国印刷株式会社
製本———株式会社国宝社

ISBN978-4-06-517974-1

講談社文庫刊行の辞

二十一世紀の到来を目睫に望みながら、われわれはいま、人類史上かつて例を見ない巨大な転換期をむかえようとしている。

世界も、日本も、激動の予兆に対する期待とおののきを内に蔵して、未知の時代に歩み入ろうとしている。このときにあたり、創業の人野間清治の「ナショナル・エデュケイター」への志を現代に甦らせようと意図して、われわれはここに古今の文芸作品はいうまでもなく、ひろく人文・社会・自然の諸科学から東西の名著を網羅する、新しい綜合文庫の発刊を決意した。

激動の転換期はまた断絶の時代である。われわれは戦後二十五年間の出版文化のありかたへの深い反省をこめて、この断絶の時代にあえて人間的な持続を求めようとする。いたずらに浮薄な商業主義のあだ花を追い求めることなく、長期にわたって良書に生命をあたえようとつとめるところにしか、今後の出版文化の真の繁栄はあり得ないと信じるからである。

同時にわれわれはこの綜合文庫の刊行を通じて、人文・社会・自然の諸科学が、結局人間の学にほかならないことを立証しようと願っている。かつて知識とは、「汝自身を知る」ことにつきていた。現代社会の瑣末な情報の氾濫のなかから、力強い知識の源泉を掘り起し、技術文明のただなかに、生きた人間の姿を復活させること。それこそわれわれの切なる希求である。

われわれは権威に盲従せず、俗流に媚びることなく、渾然一体となって日本の「草の根」をかたちづくる若く新しい世代の人々に、心をこめてこの新しい綜合文庫をおくり届けたい。それは知識の泉であるとともに感受性のふるさとであり、もっとも有機的に組織され、社会に開かれた万人のための大学をめざしている。大方の支援と協力を衷心より切望してやまない。

一九七一年七月

野間省一

講談社文庫　目録

若竹七海　船上にて
渡辺容子　ターニング・ポイント〈ボディガード八木薔子《しょうこ》〉
渡辺容子　要人警護
渡辺容子　ボディガード 二ノ宮舜
和田はつ子　〈お医者同心 中原龍之介〉花《はな》御《み》堂《どう》
輪《わ》渡《たり》颯介　掘割で笑う女〈浪人左門あやかし指南〉
輪渡颯介　古道具屋 皆塵堂
輪渡颯介　猫除け 古道具屋 皆塵堂
輪渡颯介　蔵盗み 古道具屋 皆塵堂
輪渡颯介　迎え猫 古道具屋 皆塵堂
輪渡颯介　祟《たた》り婿《むこ》 古道具屋 皆塵堂
輪渡颯介　影憑《つ》き 古道具屋 皆塵堂
輪渡颯介　夢の猫 古道具屋 皆塵堂
輪渡颯介　溝猫《どぶねこ》長屋 祠之怪《ほこらのかい》
輪渡颯介　優しき悪霊〈溝猫長屋 祠之怪〉
若杉　冽　原発ホワイトアウト
綿矢りさ　ウォーク・イン・クローゼット

2019年12月15日現在